# 姑娘

## Das Mädchen

Angelika Klüssendorf

〔德〕安格莉卡·克吕森朵夫 著

叶澜 译

Angelika Klüssendorf
Das Mädchen
Copyright@2011, Verlag Kiepenheuer & Witsch GmbH & Co. KG, Cologne, Germany

**图书在版编目（CIP）数据**

姑娘/（德）安格莉卡·克吕森朵夫著；叶澜译. —北京：人民文学出版社，2021
ISBN 978-7-02-013298-0

Ⅰ.①姑… Ⅱ.①安… ②叶… Ⅲ.①长篇小说—德国—现代 Ⅳ.①I516.45

中国版本图书馆 CIP 数据核字（2017）第 213487 号

责任编辑　欧阳韬
装帧设计　刘　远
责任印制　任　祎

出版发行　人民文学出版社
社　　址　北京市朝内大街 166 号
邮政编码　100705

印　　刷　三河市中晟雅豪印务有限公司
经　　销　全国新华书店等

字　　数　80 千字
开　　本　787 毫米×1092 毫米　1/32
印　　张　4.75　插页 3
印　　数　1—3000
版　　次　2021 年 5 月北京第 1 版
印　　次　2021 年 5 月第 1 次印刷

书　　号　978-7-02-013298-0
定　　价　45.00 元

如有印装质量问题，请与本社图书销售中心调换。电话:010-65233595

# 译者前言

青春小说体现重要的社会题材似乎并非出于自觉,青春,究竟在多大意义上,承载着社会的功能,往往不是当时当刻能够看清的。可毕竟我们有过《少年维特之烦恼》,有过《大卫·科波菲尔》,有过《麦田里的守望者》,他们年少青春承载着的时代和社会,足以以世纪为考量。

德国当代女作家安格莉卡·克吕森朵夫的《姑娘》,同样让我们掩卷沉思青春小说之于时代的意义。这本不长的小说,因为这个姑娘命运中的纠结太多、太重,拽着社会,牵着内心,令这白驹过隙的青春期漫长煎熬。

2011年,《姑娘》出版后,赢得了很高的评价:"这是一本关于民主德国时期年轻人的社会小说——同样也是给今天的"(赫尔穆特·波迪格,《南德报》);德国《时代周报》称之为"德国最感人的青春期小说"。被看作其续篇的长篇小说《四月》(2014)出版后,获得当年多项文学奖。

一

小说的力量来自于人物。作家安格莉卡·克吕森朵夫讲述的这个姑娘的故事,发生于姑娘十二岁到十七岁的生日之间,正值青春。青春期是什么?是丑小鸭变天鹅的过程,也是沧海变桑田的过程。这个过程悄然而至,因为恶作剧,因为行为的古怪,性格的分裂,还因为梦想和爱的萌发。理解青春期的内力冲撞,让我们对那些不可理喻的行为有了基本的宽容。花季少女,含苞待放的季节,而她的命运却和花毫不沾边,至多令人想起草或干树枝的命运。可她能活着,也许正是因她不是花,她的存在,正是因她只是一根草,或一根树枝,扭扭曲曲活下来了,藤一般坚韧。

姑娘被叫作骨架子、排骨、饿死鬼,我们能想见她的骨瘦如柴。她和妈妈、同母异父的弟弟生活在一起。单亲家庭与母亲不幸际遇的压力都在这个姑娘的身上发生着作用,尤其在这个特殊的阶段,青春伊始,乳臭未干,注定了这个生命体特殊生长期的丰富与矛盾。叙述的场景从姑娘十二岁的某一刻开始:

她穿上妈妈的内衣,领着弟弟在被妈妈关禁闭的房间窗口舞蹈,以引起远处午休的工人的叫声……;她是个喜欢读书的姑娘,无聊的时候,就会读书,饿的时候,她读她最爱的童话,那童话里写了聪明的格雷特烤鸡的故事。她挚爱她的弟弟,她代替妈妈履行母亲的职责,为这个非期待中出生的私生子弟弟喂奶、换尿布,日夜守护。她是一个真正意义上的母亲。这样的劳作,被迫是苦难,而怀着爱,便是幸福和享受。为了见弟弟,她不惜违反校规,一夜疾走,到几十公里外的幼儿园偷偷地去看弟弟。而结果,她被警察当成违法者带走,被校长当作说谎者出卖,在拘留所和几个"问题姑娘"过了跨年夜。上学的路上,她顺手捡起石头玩,走几步,一定回头放到原处,她想石头是有家的,带得太远,它找不到家的。家境虽不堪,她对家的依恋无改。

读到这些,人的灵魂无法不被触动。这个姑娘天性里有着强大的童真和母性。这不正是人类赖以生存最初也是最后的臂弯吗?我们还要到哪里存放我们的良知和温柔?但是,且慢,对她的柔弱、善良、艰苦、辛酸……先别说出你的爱惜或怜悯:

月夜,对梦游的弟弟,她设计骗局,引他把干净的衣服放进尿盆,幸灾乐祸地旁观妈妈惩罚弟弟;对妈妈挨爸爸的打,她自己都吃惊"竟没有同情"。对路边素不相识的盲老人,她谎话连篇;圣诞节给大家准备了礼物,可礼物是偷来的。回应医院认识的传教姑娘的信任的,是拿了她的钥匙进她的房间偷她的东西,而对偷超市的东西,她更无廉耻之心;为了混一张假条,让同伴把自己的手用铁条打断。而此前描述牛的惨死,她都"全身颤抖"。

她的青春爱恋朦胧萌发于学校的一个男孩,而和同屋的姑娘们讨教练习亲吻之后,她编出一个假想的男孩,当一个实实在在的男孩的吻出现时,她因自己骨瘦如柴的自卑,抗拒着身体更近的接触,男孩终于离他远去,她寝食难安,表现出恋爱的症状,同伴告诉她看到这个曾经的"男友"和别人在一起时,她怒火中烧,"几乎把她打死",爆发出失恋的愤怒。她花季的爱情如期萌发,却弯曲生长,花未开蒂就落了,枝初发就折了。

想以"哀其不幸,怒其不争"来评说她吗?让人心痛不已的,是她;令人咬牙切齿的,是她;让人惋惜哀叹的,是她;让你厌恶不屑的,还是她;让你深掬一把同情泪的,是她,可要处处提防的,也是她。小说通篇没有写她的容颜,除了瘦弱,没有什么值得关注的,她却集万千爱恨于一身。

暂且不去评判她是受害者还是害人者,作者白描的这个人物就是这样的个体。一个小人物的矛盾是一个大社会的聚光,德国有人评论小说反映着"压迫在底层的青少年的勇气和不屈的生活意志",这显然只说对了很小的一部分,求生存的欲望不足以显示她所做的一切,她所具有的强烈的个性,站在我们面前,批评家们可以看到其魅力,一个合情合理的矛盾体,这种矛盾是现代小说乐意为之的,人性的矛盾和张力来自于人本身的青春躁动,也来自于她/他所处的环境,母亲、家、学校、社会关系,如警察、教养院、甚至周围的伙伴。而这矛盾昭然之时,故事的读法已开始分裂为情感的冲击与理性的沉重,卡夫卡们用绝妙的变形所揭示的现代文明变态,在一个姑娘的日常故事里我们也读到了。

妈妈曾经也是姑娘?——对母亲的情感,也许是她复杂人性中最集中的矛盾,她惧怕母亲,在家如履薄冰,怕她瞬间暴怒,同时洞悉母亲的软肋,狡黠地应付着,并没有像弟弟那样完全地被母亲控制,委屈诚实地讨好母亲,她一直守护着自己的角落,让母亲把自己逼迫进这个角落,以赢得道德的制高点与内心的胜利,而看到母亲更被动更惨痛的状况,她有痛,有害怕,有些许同情,还有幸灾乐祸,她的梦想就是脱离她,却绝不主动反叛,"……她的目标,只能在妈妈终于爆发的时候才能实现:滚出我的房子,别让我再看到你"时才得以实现,这正是留给读者隐隐的痛。离开家后,对妈妈的想念表现得就更有深刻的悲剧意味。妈妈的形象,是一个过去了的姑娘,已经摆脱了姑娘的矛盾,却没有摆脱被压迫的命运。妈妈是个施压者,姑娘的压抑,除却青春期的情感,几乎百分之百来自于母亲,而母亲又是个实实在在的被压迫者,被丈夫抛弃,男人一个个离她而去,怀了不愿要的胎儿,失去后痛心疾首,身心饱受摧残,看到妈妈如今的样子,"她怎么也不能想象妈妈也曾经是个姑娘"。——曾经的姑娘的命运是否暗示着这个姑娘的未来?

弟弟是这个环境中另一个少儿形象,这个典型环境的另类诠释,没有母亲温柔的对待,却承受母亲和姐姐的捉弄,同时又害怕失去母亲。他没有像姐姐那样跑出这个压迫着他的家,这份压力挤进了他的体内,他抽动嘴角、挤眼睛、哮喘、半天张着嘴说不出话……

二

人物的力量终究是由细节筑成的。我们对文学的爱是宏大的,无边无涯,而对一本书的爱却是具体的,从来不是一个理所当然的过程,它必有令你心痛之处:是她一头埋进弟弟怀里闻到奶嗅的一刻,是她把随手捡起的石头放回原处的念头,是她流浪之初醒来时身边大狗的体温,是看到两把靠着的椅子而生相互支撑的想象。

姑娘的命运,令人不胜唏嘘。细节上的合情合理,铺垫了她的成长轨迹。掩卷思索,这一步一步,推手是谁?这唤出一个古老而永久的话题,家庭与社会、教育与环境,如何塑造着一个人?母亲、家庭当然是最初最重要的场景,小说所塑造的母亲,是她恶劣环境最原始的构成,而母亲自身也是社会的产物。就社会结构而言,现代文明已经构建了一个很好的链式体系:家庭以外有幼儿园、学校、社会工作者、青少年救助中心、警察拘留所、管教学校——教养院。几乎没有谁对她真正关注过,可谁又能说对她的生长没有起过作用?无懈可击的结构是否已经将人的抚养和教育无缝衔接了?如果把她放在领奖台上,我们可以将所有的好品德找到来源:国家、政府、学校、社会、家庭、母爱甚至胎教。而当生命如此不受待见,陷入一无是处的病态之时,是谁之过?妈妈对她的教育和爱显然缺失,父亲的责任几乎从未尽过,学校教师对她几乎不了解,警察想当然地把她当坏人,卑鄙的校长出卖她,同伴们的欺凌也随时在,弱肉强食的法则无处不在,哪一环又会为她扭曲的人生承担责任呢?

鲁迅"救救孩子"的呐喊,朱自清的"生命价值七毛钱"的叹息,夏衍"芦柴棒"的怜悯,都是有解的,革命能实现对封建制度的推翻,能对社会资本作调整,能完成人对人的压迫的颠覆,而这姑娘,谁能救她?

相比较传统的压迫、阶级的压迫、资本的压迫,人的生存困境的压迫,是更深刻、更无法抗拒的,这种日常的压迫如空气一般,不分时空地扭曲着人性的发展,后工业革命全面形成的现代文明,究竟给我们带来了多少进步?这进步又给人带来了多大程度的解放?人性解放的大背景,生长空间的不平衡状态,是不是同样会对个体产生压迫?压迫与被压迫的可能性,大大超出我们的预见。而糟糕的是,人的生存空间,在很大程度上是无法选择的,就连选择孤独,都是要依仗强大背景的,不仅是内心的强大,还要有物质的富足。姑娘出生的环境、母亲、父亲、不健全的家庭、她的学校、学校里那个随时要抢她甜点的男孩、那个无赖的校长、警察局那个在姑娘身上只看到坏人的胖警察,都不是姑娘可以选择的空间,而这样的环境,造就着她的胆怯、防范、抗争、自暴自弃,也包括自私与勇敢。这是一个非常环境里成长起来的姑娘,可这种非常环境并不少见,这样环境的产物,也并不存在于独立的空间,如一个病变的细胞,它的影响不是这个细胞本身,是整个原本健康的机体。这样的环境无法抗拒,也许正是我们要担忧的。

三

一个作家，一个良心工作者，是以对人类的忧患意识为标记的。

作为救赎的力量，出现过书本、童话，姑娘是那么满足于有书的时刻，甚至对男孩的倾心，也首先来自于"她到现在为止还没认识过读书的男孩"；音乐和歌手当然也是这个年龄的情感的舵手；而宗教呢，她曾经是信上帝的，"可后来她对上帝的信仰正如死亡那么遥远"，而革命呢？一个一直向往着"西边"的同伴，带着她东奔西走，不安现状，可到头来也只是带她露宿街头，用棍棒打断了她的手，而她却独自承受痛苦和后果，并没如愿逃出现实。

也许，有一瞬间，你会庆幸，这一切都过去了，东西部可以自由地来往了，国家翻天覆地改变了。而个人的命运呢？一切就这样好起来了吗？那些曾经的学校消失了，那样的校长就没有了吗？人人有足够的冰激凌吃，那样的霸凌就没有了吗？作者用心，有意将场景放在过去，似乎有意将责任归到某个特定的时代，产生这个姑娘的社会机制优劣之评说，由过去来承担。但是，这样的切割，即使在政治意义上有可能，也不会在社会意义上可信，这样一个机体的孕育产生,它所具有的生命意义却不分时代甚至不分社会地生长了,我们可以忘记她所处的年代,却一样感受到她的存在,正如我们不去想阿Q的出生年份,却让他一直游荡在我们中间。而她的意义却是:"这一开头好像一切都结束了——还是这结尾正是一个开始?"(亚历山大·卡芒,《时代周报》)。我们甚至有理由相信,这样的人物,政治意义上的时代和制度,几乎可以忘记,她生长的环境,是泥土之于草,超越时代的意义,便是人性的意义,也是我们读这本书的意义。

四

古典浪漫主义的善恶评判,对神话宗教的理解与利用,以及后现代对人物心理的精神分析,都与现实中的表象保持着一种或近或远的距离。而作者摆脱古典情结,以现实的笔触描述着一个现代文明下的生命轨迹,也不沾染现代小说的魔幻和隐喻,可以说,这种针对小人物的关注,用写实手法白描式地只追随人物,不追求戏剧性,是勇敢的。对社会的分析,不是青春逆反式的抵制与讽刺,而是通过尽可能多地摄取各个层面完成全息影像,不动声色又入木三分,这样的心态和能力,在当今的社会都已少之又少,正因此,小说的写法、勇气和智慧都值得珍惜。小说坚持以"她"为叙述主体,却任意地将思想放入她的心理活动中,多次出现,"她想象……",这种非鱼知鱼之乐的视角,信手拈来,完成了这个骨瘦如柴的形象丰满的性格,也使具体写实的白描,出现了色彩。想象力透出的这份脱俗的浪漫,是想暗示姑娘对父亲艺术细胞的遗传,还是作者在后工业时代,宗教、哲学、革命都失去原有的作用后,放进人物灵魂的一点点支撑?叙事手法的简单,成就了读者关注视角的集中,阅读的兴趣完全被人物的命运所攫住,心理活动所建筑的一个空间,如云空间,储存了一个角色的全部,同时也还原了作家的一个"我",这是这部小说很好看的一部分,充满灵动,灵气、智慧、情感集一体,一个很具现实性的小人物散发出唯美的意韵。

很希望这姑娘只是个创作出来的形象,不必纠结于她的命运,无奈脑中闪过的大大小小我所认识的德国姑娘形象,无法释怀,这是其一。

而今的世界,多元为特征,而我们美好人性的光辉远没有强大到能普照人间,我们的少年天天向上的情怀也无法热气球般离开大地,未来的生存空间,越来越无法分割,欧洲大地眼前正发生的一切,我们注定不能隔岸观火,花朵们的现在,承受着完全不同的成长压力,而他们的今后,终将面对未来丛林,等待他们的将是什么?少年强,则国强,少年病,则世界病,且不论国。地球越来越暖,人间温情也如此吗?这担忧,不为过,这是其二。

作者安格莉卡·克吕森朵夫就是曾经的东德姑娘。如今居住在柏林。"文学对于安格莉卡·克吕森朵夫来说,就像生存需要"(费德马·阿沛,《法兰克福报》)。

《姑娘》一书的出版,因着德国外交部与人民文学出版社的共同投入,可见出版者对其意义的理解,我个人的努力也是出于在作品中看到自己对世界担忧的印证,而不止是对文学的热爱。原谅将此沉重说给你听。

叶澜
2016年10月—2020年7月于上海

给安娜和雅各布

1

粪便从天而降,掠过椴树的枝条,擦到一辆正经过的大巴车顶,落在一个年轻女人的草帽上,又噼里啪啦地砸到人行道上。街上的人们站住,抬头望去。硫磺色的阳光灼人,下粪便雨,而这些并不是自天上落下的。邮递员先发现了它们从何而来,大家惊愕而厌恶的目光顺着他手指的方向望去,是这栋出租房四层的一个窗口。这房子和这条街的其他建筑没什么两样,灰暗斑驳,战争留下的弹孔,剥落的墙面。窗户开着,人们能看到一个姑娘的脸,还有瘦瘦的、长长的胳膊。第二坨又飞了出来。人们躲进房子的门廊,看着发生的这一切。年轻的女人把脏了的草帽提得离自己远远的,呼叫警察的喊声越来越响,一块大便就落在邮递员脚边,他连忙跳到边上。接着,窗户嘭的一下关上——真是奇迹,窗玻璃竟没碎。人们盯了一会儿,散去。

这是来自臭动物的攻击,站在窗帘阴影里,她想。远处马达轰鸣,天气又热又闷,无聊重又迅速地在房间里弥漫,像煤气,令她窒息。她感觉到两个太阳穴后脉搏的跳动,她走进厨房,洗手,把嘴凑到水龙头下。这姑娘十二岁,她弟弟亚历克斯六岁,他们被关在这屋里已经几天了。这种公寓房的厕所总是在低半层的楼道里,所以在桶里积了那么多大便。

亚历克斯把他的玩具汽车从斜靠在墙上的熨衣板开进鞋盒。她有了要打弟弟的兴致。几个小时了,他就这么坐着,只盯着他的汽车,弄出呜呜的噪音。她拿起一辆车,从这只手扔到那只手——没有反应。她挥舞起来,终于:他蜷缩着,抬头看着她。

来玩,她说。

他嘟囔着惯用的废话——不要,别烦我——,他仍然一动不动地坐着。

来吧,她说。这一次,她的声音听起来会让他服从的。

他跟着她进了妈妈的卧室。她把窗帘拉开。对面是一家小工具厂。过一会儿，男人们就要休息了。她脱了衣服，在母亲的柜子里找内衣，把胸罩系在自己平平的胸脯上，套上一条红色的小三角裤，把松紧带绑得紧紧的，让它不至于从胯骨上往下滑，又用一点唇膏头涂抹了嘴唇，拿出母亲的高跟鞋，爬上窗前的桌子。窗户开着。她蹬进鞋子。一手叉腰望着工厂。过了一会儿，她放下手，干脆站在那里。看到工厂窗户出现工人时，她僵硬地微笑，扭动起腰来，如她在电视里看到过的那样。她叫弟弟大声拍手，自己扭动得越来越快，可那些男人只是呆呆地瞅着，愣着不动。几天前，她在窗户边演出类似一幕时，他们可是高声吆喝着鼓掌叫好的。她站了一会儿，把屁股翘上天。

也不害臊！她听到一个男人喊。阳光耀眼，她看不见叫喊的人，不知道他是老人还是年轻人，他是不是认真的。羞耻，她确实感觉到的，可这比无聊刺激。这个字让她想到妈妈声音中的一种微微的恶心。她继续动着，展开双臂。男人们早已上工了，她还在舞动，脸上的表情好像在说，她完全是在为自己而跳。然后，她浑身燥热地从桌子上爬下来，把红色的漆皮皮鞋扔到角落里。

亚历克斯坐在地板上，把一份报纸撕成碎片。她笑着说，现在该你了。弟弟不愿让她装扮自己。她想着，妈妈是如何用灰色皮腰带抽打她，直到完全喘不过气来的。

她用手指瞄准弟弟的额头,砰,她喊着,再来一次,砰,砰,砰,然后她敲着他的额头,就像敲门一样。站起来,她说,我们要把你弄漂亮些。她用剩下的口红在他面颊上画上圆点,之后再涂到他嘴唇上。他反抗,她就狠狠地打他一记耳光。她在他的眼睛里看到了和她自己一样的恐惧,这令她愤怒。别吵!她怒吼着,尽管他像条鱼那样默不作声。他听任她给他脱去衣服,但当她要往他的背上系胸罩时,她自己也觉得样子好笑,亚历克斯比她还瘦。她听到自己的肚子咕咕地叫,从食品盒里取出最后一袋面包干。她拿面包干往盛着芥末的杯子里蘸了一下,放进嘴里嚼着,感觉着这辛辣在脑门后很舒服地散开。

她不知道几点了,钟点像一片连一片从地平线上消失的云般逝去。她看着她弟弟。亚历克斯有着长长的金黄鬈发,是妈妈的宠儿。但这说明不了什么,他也可能随时失宠,被当成一个坏孩子,被惯坏的杂种,要受到惩罚。他又坐到地上,紧抱着双腿,摇来摇去。当听到钥匙插入锁的声音时,他们屏住了呼吸。她迅速拿妈妈的眼光扫了房间一眼。他们把一切都弄得很乱,屋里一间比一间脏。妈妈从他们旁边慢慢走过,并不看他们。

心怦怦地跳到嗓子眼,她闭上双眼,其实她只是想逃走,有时她还真能逃脱的。

## 2

她的成绩单上写着,她良好的智力没能得到发挥。她总做着一个同样的白日梦:战后,她以小偷大师和黑市王后的身份带着弟弟度过了饥饿困境。她在森林里用石头或是木头造房子,有壁炉或火炉——想象交替着,她来充实它,储藏间堆满了最美味的食物,院子里种着蔬菜,晚上她带着弟弟坐在桌旁,他们吃着刚从地里挖出来的新鲜土豆。

在课间她把自己想象成一个轻声细语的咯咯笑的姑娘,也做得真像是这样的人。几天来,休息的时候,大家唱着一首来自于西部的歌:"有一天,康尼·克拉莫死了"——女孩们会背歌词,会整段整段一遍又一遍地反复唱。她模仿着其他女孩的姿势,试着在唱歌的时候进入激昂的高潮,试着摆出和她们一样疯狂的脸。

后来,她被热心的老师看成了社会问题,一个好女生和她结成了对子,她必须把作业给她看,忍受那些金玉良言,受她的装腔作势的侮辱。

有一回,她被一个与她结对子的女生请到了家里。在和卡特琳的妈妈问好的时候,她呆呆地盯着她的大鼻孔,想起了马的鼻孔。在卡特琳的房间里,她笑嘻嘻掩饰了自己的嫉妒,仔细观察着架子上摆列着的女孩子的漂亮的零零碎碎。她已经开始声称,愿意来玩"王子和公主结婚"的游戏,她却期待着一件礼物。卡特琳给了她一块蓝色的布,上面绣着银色的星星。这是给王子的,卡特琳说着,在自己肩上围上了一条金色的。

你送给我了?她走了几步,让蓝色星星头巾在空中飘起来。

为什么?卡特琳说,吃惊地看着她。

就这样了,她说。

我妈妈不让的。

这个回答对她而言迸着希望的火花。你妈妈不一定会知道的,她试图让她的声音听上去有点诡秘。

卡特琳想了想,然后摇摇头。

她尴尬地变为乞求,送给我吧,她说,我一定要。她来回转着,跳到床上,跳过毯子,喊着,送给我吧,求你了,送给我吧。她把蓝布当旗子一样舞着。于是,她们在房间里互相追着,扯着嗓子,尖叫着。她终于同意,不把绣着星星的布带回家。当卡特琳的母亲打开房门的时候,两人脸热得通红,躺在地板上,模仿着动物的声音,她像狼一样大声嚎叫着。卡特琳的母亲用责备的眼神看着她们,她示意女儿,该送客了。卡特琳马上顺从了,送她到门口。

在从幼儿园接回弟弟之后,她还想着要从这一天捞出点什么来。她决定,要试试司机的反应能力。这是她最喜欢的游戏,她自己想出来的。她站在马路牙子上,在一辆跟她的高度一样的车快到的时候,闪电般跑到街对面。亚历克斯一直拒绝一起玩这个游戏,但他今天学她的样子了,和她一起疾跑过街道,刹车的声音吱吱响,他们的心怦怦跳。


3


他们要陪妈妈去医院。妈妈穿着一件浅蓝色露肩衣服,她的眼圈也是浅蓝色的,她把自己打扮周全,趾甲也涂上了指甲油,左踝骨上的银链闪闪发光。亚历克斯和她在候诊室等着,妈妈的声音从诊室里隔墙传出来。亚历克斯的手猛地动了一下,之后呆呆地坐在她身边。一位女护士开了门,能够听到憋着眼泪的声息,然后是乞求的、讨好的话:要医生破个例,她已经有两个孩子了,是第三个月或是第四个月,这不重要。现在,医生的声音很清楚。这不是办法,是谋杀,他严肃地说,这句话给她很深的触动。

回家的路上,他们几乎跟不上妈妈,尽管穿着高跟鞋,她总还是快他们一步。

天早黑了,但她睡不着。妈妈怀孕了?她几乎想不起父亲了。从妈妈的暗示中,她揣摩出,他在蹲监狱。但是,谁是妈妈肚子里孩子的父亲呢?

很长时间里,她这样想象着性:一个男人裸身站在卫生间的小房间里,有薄墙分开的隔壁站着一个裸身的女人。男人排出精子,从他腿上滑到地上,流到隔壁小房间,顺着女人的腿进入她体内。女人和男人一动不动,也不说话。不过,她觉得自己现在明白了:男人把他的东西放进了女人体内。

接下来的几天里,妈妈没上班。她抽烟,喝酒,扯头发,重重地在楼梯上跳上跳下。她在黄色的的塑料浴盆里一坐就是几个小时,自己去小店,拎着几个装满啤酒的网兜回家。她自言自语或者和女儿说话,好像把她当知己。妈妈称呼她"我可爱的小马驹"时,她试着微笑,内心却发出幸灾乐祸的嘶叫。妈妈哭着坐在沙发椅上,她站在她身边轻轻说点安慰的话,尽管她的心早已冷漠;她知道,妈妈转眼之间就会变成另一个人。所以,她有准备。

夜里,一阵呻吟惊醒了她。她蹑手蹑脚走过走廊,透过门缝看到妈妈坐在厨房地上的一片血泊里。一开始,她没明白,妈妈在干什么,她用一根毛线针在开着的大腿间扎着。为了让妈妈的这张脸淡出,她愣愣地盯着她上方墙上的彩色盘子。她往外呼气,觉得自己要被抽干了。对这一幅强加于她的画面,她不想有什么关系。她希望有另一个妈妈。很长时间以来,她想自己是在出生的时候被调包了。但这个想法帮不了她。晚上她梦到一个怪兽,它要杀她,当她终于打开窗户,高喊救命的时候,狂风大作,吞噬了她的呼喊声。

第二天,厨房地板又干净了。当她打开妈妈的卧室门时,她闻到空气中有点酸味。妈妈招手让她过去,带着哭腔和她搭话,说起天国和住在金殿里的耶稣,尽管他是出生在一个可怜的马槽里。她竭力做出同情的样子,可还是觉得厌恶。不过,妈妈接下来就讲了她晚上做的梦,和她的一样,结尾也是喊救命,但没人听见。

她屏住呼吸。难道她们生活在同一个梦中世界?她永远逃脱不了了?

4

艾维拉是班上的新来的同学,住的地方离她只隔着几栋房子。放学后,她们走同一条路回家,似乎很自然,她在没课的时候陪着艾维拉回家。一位很胖的女人打开了门,她微笑着打招呼。很小的厨房里有烧炭的味道。通往后院的过道几乎没有光。艾维拉的母亲边问姑娘们在学校的情况,边用她的小手理着银色长波浪,鬈发像头盔围裹着她的头,呼吸艰难。

她还从来没见过这么胖的女人。她母亲病了,艾维拉稍后解释道,代谢系统有毛病,所以有些胖。后来一次作客,她认识了艾维拉的父亲,熨得油亮的上衣外翻领上戴着党徽,穿着方格纹的便鞋,戴着镍质眼镜。问她问题的时候,他拿下眼镜,但基本上他沉默无语。

每个星期二有三次课间休息,她都在艾维拉家度过。此时,电视重播《维利施瓦本的废物间》——她非常喜欢的连续剧,介绍黑白老电影。她们边看边吃加了番茄酱的意大利面条。比起海因茨·吕曼和提奥·林根,她们更喜欢约翰那斯·赫斯特斯,她们有些钟情于他。那些星期二是她们的幸运日,这会让她们接下来快乐一星期。

她喜欢这个新朋友的父母。他们穷,但她觉得这份贫穷令人尊敬,与她家完全不同。她妈妈总在谈钱,在床下面放了只小箱子,放着纸币和首饰。有时,她来到妈妈的卧室,看到她坐在床上,面前摊放着戒指和手镯,一小堆纸币被分类放着。妈妈从不问她喜欢什么,而总是问,买的那些新玩意要花多少钱。她猜不准的时候,妈妈就很开心。于是,妈妈很得意地说,要贵很多。

她想送礼物给艾维拉的母亲,感谢她待她那么好。她从没像这次一样目标明确地偷东西。她在商店里逛着,看着衬衣、连衣裙、外套。没有售货员来问她需要什么。她看中了一条鲜红的涤纶围裙,其他衣裙都更难看。

艾维拉打开门的时候,把指头竖在嘴边,示意她轻点儿。她的母亲生病了。艾维拉的父亲坐在客厅的沙发上,收音机开着。他给了她一杯咖啡。平时她只喝麦芽咖啡,没料到这么苦。她指着墙上的一张照片,照片上有一个男人,光着脏脏的上身,脸涂成了黑色。

他是谁?她问。

艾维拉的父亲摘下眼镜,开始滔滔不绝地讲起阿道夫·亨内克:他是最初的积极分子,自觉超额工作。她感到惊讶,她的问题竟得到这么认真的回答。她感觉到,他喜欢她的好奇,她继续提问。当然她不会表露出来这样的感觉,他说话的时候,他坚信自己的话,他的声音听上去像收音机里的那些政治家。在句子的中间停顿,做着手势,好像要把桌上的东西撸下去。他重新把眼镜戴上。她当然知道阿道夫·亨内克的名字。他是所有人的榜样,关于他有很多笑话,因为他破坏了规矩,背叛了同伴;如果下了一场大雨,大人们就说,淋得像亨内克。

她把鲜红色的围裙带回了家,把它剪成了给洋娃娃穿的衣服。

妈妈很少允许她在放学后去街上,还从来没有允许她请别人到家里来。妈妈在火车站中欧餐饮公司的做服务员,轮班倒,所以,在她从学校回来的时候,妈妈常常还在床上躺着。尽管她在走廊里蹑手蹑脚,冲她而来的叫喊声还是马上会响起来。几个星期以来,妈妈常常发火,她的肚子看起来明显变大了。对此妈妈没有和她说什么,她也不敢问。

在妈妈眼里,她什么也做不好,妈妈动不动就会打她。关禁闭的时间越来越长,开始是几天,几星期,后来妈妈没有了分寸,说到秋天,到下第一场雪,明年整年她都得待在里面。

她请求艾维拉,在放学后在她家门口待一会儿,直到她妈妈平静下来。这样她会感觉强大一点,少一点儿孤独,还有,当朋友听到她的喊声,被打就不那么疼。

5

她打开厨房门的时候,听到一声笑,低沉的、男人的笑,走进厨房前,她问自己,这到底是一个好兆头还是一个坏兆头。桌边,一个男人坐在妈妈旁边,黑头发,深色眉毛,他的肩窄窄的,微微向前勾。妈妈双脚搁在他的大腿上,他的一只手放在妈妈裸露的踝骨上。他们面前放着一瓶葡萄酒和两个杯子。

那男人盯着她。是她?他问。

这是你女儿,妈妈压着嗓子回答,把放在他大腿上的脚收回来。

过来,那个应该是她父亲的男人说。

他有酒气,她想。当他拥抱她的时候,还有另一种味儿,陌生的味儿。

她回答着他的问话。他的中指上有两枚闪亮的戒指,左手的小手指指甲涂了红色,开得低低的衬衣领口露出鬈曲的胸毛。这会是她的父亲?他又转向妈妈,看起来,她仿佛在钦佩地倾听着他的话。

后来,她从幼儿园接回弟弟。当她给他讲厨房里的男人的时候,他很激动,他也许也会是他的父亲。可事实证明他是错的。

妈妈向他介绍亚历克斯,她说,这不是你的孩子,他有漂亮的鬈发。

那个男人几乎连看都没看他。

真正天使的头发,妈妈说。亚历克斯默默地站着,神经质地眨着眼,看起来快要哭了。

那人大声笑着,露出黄色的牙。我们要庆祝,他说,我正想庆祝。

妈妈给她钱,让她去"扬的寂静"酒吧。老板提了一网兜啤酒送到门前。天已经黑了,她试图想象那些明亮的窗户里面的人们是怎么生活的,可今天不行,太多的问题在她头脑里打转。这个该是她父亲的男人会和他们住一起吗?他们将成为一家人、在一张桌子上一起吃饭吗?

那个父亲很渴,非常渴。他很快把啤酒喝完了。这个晚上,她一次又一次去"扬的寂静",酒吧到了下半夜才打烊。在允许她去睡觉前,那个父亲拥抱了她,根本不想松开女儿,而她觉得这份温柔好尴尬。

自从父亲和他们住在一起,有了一些变化,妈妈和父亲吵架,每天如此。她就很少有力气大喊大叫或者打孩子了。有几天,他们一起吃晚饭,像一家人那样,一起坐在桌边。她并不觉得舒服,妈妈唠叨个没完。坐正,她对姐弟俩说,手放在桌上,别咂吧嘴,闭上嘴。

不知出于何种原因,父亲把她的弟弟称作朝霞里的蠢货。他把自己描述为这样的人:今天的人不是用来被戏弄的。比如,他说,作为人,难道我就不该得到安宁吗?

这话说你呢,妈妈冲亚历克斯吼道。他蹲在床前,用一根旧管子呼吸,上身来回动着。把这东西从嘴上拿掉,妈妈说着,用拳头打着墙。她的弟弟紧闭着眼睛。她知道这种感觉:他想把自己变得无影无踪而不被看见。她像是在远处看着这情景,尽管她同情他,但还是庆幸这怒火风暴不是冲她而来的。

夜里醒来的时候,她看到亚历克斯站在窗前。她喊他,可他没有反应。他愣愣地盯着窗外,没有注意到她。她抱住他胳膊的时候,他发出一声喊叫。她捂住他的嘴。安静,她说,否则那老的要醒了。安静,她重复着,把他往回拉。他跟着她,坐到了床沿上,他的脸色苍白。她劝了他一会儿后,他躺下了。她依偎着他,听着他的呼吸声。

当她把这事儿说给她妈妈听的时候,她笑了。我倒是想要看看,她说,这么奇怪的事儿。她吃惊地观察着儿子。一个梦游者,妈妈说,一个真正的梦游者。她捋了一下他的鬈发。

她把闹钟定到了午夜。但这次亚历克斯没有在窗户边,他在床上睡得很沉很熟。她坐到他旁边,抚摸着他的背。这个晚上她等待着什么,在内心感觉到某种不安,她试图把弟弟摇醒。

起来,她说,你得起来。当他终于把眼睛睁开的时候,她装出假声说,月亮等着你呢,你得去它那儿了。

可亚历克斯根本不明白怎么回事。他搓着眼睛,怎么啦,他嘟囔着,别烦我。她在他胳膊上轻轻捏了捏。你做梦呢,她说,你在做梦。她抚摸着他前额的那缕鬈发,轻轻地说,起来。亚历克斯咽了口口水,摇摇头。

起来,她说,她用舌头抵着上颚。

当他站在她面前的时候,她自己也不知道,她到底想让他干什么。

去窗口,她说。

亚历克斯站到窗口。

她看着天空。今天没有月亮,她说。外边传来城铁的嘎吱声。她打了个寒战,然后眼光落到了弟弟的尿盆上。她稍稍想了想。你的汗衫脏了,她说。

他拒绝把汗衫放进半满的尿盆里洗。这是尿,他说,讨厌地看着她。

这不是真的发生的,这只是个梦,她说,试图让自己的话听起来可信。

在他把汗衫泡进尿盆的时候,他转过头,大声地咳嗽着。趁两阵咳嗽的间隙,他把汗衫拎出来,把它在地板上摊开。

看上去干净了,她赞许说。

亚历克斯踉踉跄跄、疲倦地上了床。等到他睡着后,她帮他把挂出床沿边的胳膊放回床上。

第二天,她迫不及待地把这事儿报告给妈妈听。一开始,她装得像是不明白。他怎么了?

她又把故事叙述了一遍,编了些疯狂的细节。他又梦游了,她说,他把胳膊像鸟翅膀一样张开。

妈妈弹了下衬衣上的碎屑,大声喊着亚历克斯。你混蛋,尿床鬼,她对他说,别让我再看到你。

6

她早就在图书馆登了记;如饥似渴地读着《基督山伯爵》。她想要自己拥有这本书,所以她把它一章一章地抄在一个本子上。她发誓要为她的英雄爱德蒙·邓蒂斯报仇,他为了爱情和青春却遭受如此卑鄙的欺骗。如果她是梅赛德斯,那个年轻人的新娘的话,才不会被那些阴险的流氓骗呢。

然而,她对爱的预备还没有能够被兑现。没有男孩注意过她,在班里也只有一个她满意的。乌韦有着长长的、深色的睫毛,他的鼻子有一点点歪,据说,他业余时间练柔道。他在她面前勇敢的样子很有吸引力。乌韦却早已许配给了一个长头发的金发女郎。有一次她在他的位子上悄悄放了糖,观察他,看他如何疑惑地环顾四周,然后剥开糖,放进嘴里。从那时起,她把糖果放进他的书包里,或者课桌下,当他吃的时候,她感觉是和他连在一起的。是我,她想给他打电话,可他从来不朝她的方向看。

乌韦有一个弟弟,比她低一届,她觉得他也很好看。有一次在街上遇到他,她手里拉着亚历克斯,他真的冲她微微笑了一下,站住了。

你和我哥哥在一个班,他说,捋着他的刺猬头。

她只点了点头,呼吸平静。她听到他继续说着,他像是要提个问题,他的鼻翼鼓起,她看到了他脸上每一个雀斑。终于,她明白了他的问题。他是谁?他说着,指了指她弟弟。

朝霞里的蠢货,她特别有勇气地回答,生出从未有过的幸福感。

奇怪的名字,他说。

她只能同意,点头,好像她要在点头比赛中得胜。

在第二天的课间大休时,她跳橡皮筋,思想有点儿不能集中了,任皮筋弹着。可当她看见乌韦弟弟的时候,她越跳越高,不让他在视线中消失。在学校的红绿灯前她也盯着他,可他好像没有注意到她。

晚上,在床上,她想好了碰到他时要说的话,轻手轻脚地走进浴室,看着镜子里的自己。如果真信妈妈说的,那她也许就是天下最难看的杂种。她和别的女孩比，想象着，自己留着长发，耳朵不那么立着，会怎么样，可这没有用，她完全不知道，她到底是不是真的难看。

她只有唯一的一件衣服，一件蓝色的针织衫，穿了太多次，已经完全磨坏了。她用剪刀在毛料上剪了一个洞，拉出线头，直到这件衣服在她的手上拆散。她预见到了，会发生什么事，当妈妈终于放过她的时候，她强迫自己，挂着眼泪笑了。于是，当她白天再去学校的时候，穿了一件新衣服，尽管对她来说太大了，踏进教室的那一刻还是带着一点儿骄傲。

这期间，她找到了乌韦弟弟名字的出处：阿明来自于阿明纽斯，他原来是一个君王，一个著名的战士，她是在辞典里查到的。

有一天晚上，妈妈令人惊讶地给了亚历克斯和她一个礼物。在车站餐厅有人遗忘了一个小丑木偶娃娃。这样的玩具他们还从来没有看见过，有可能它还是西部的。木偶的头装在一个彩色木条上，尖端向下插在纸袋里，可以来回推拉。大半个晚上她坐在弟弟床上，想跟他要这个玩具。这个木偶只能属于一个人，她一再说着，可亚历克斯坚持着他的建议：半个星期归她，半个星期归他。威胁没用，而后为了装样子，她表示满意，但有个条件，她要先拿着。

第二天,她激动地盼着课间大休的到来。当她在楼梯间找到阿明的时候,把小丑木偶递给他,说,这是给你的。

他看着小丑娃娃。它真好玩,他边说,边上下摆弄着木头把手。看他想就这么拿着礼物走开,她拽住他的胳膊。我们能约会吗?她说着,担心他会笑话她。

明天下午电影院前,他跳下台阶后,他喊着,带上你的朝霞里的蠢货。


下午从什么时候开始?她问自己。她和弟弟12点后就站在电影院前了。炎热压抑住了她的兴奋,她透过肮脏模糊的玻璃呆呆地望着,腐烂的气味钻进鼻子里。她想到一部看过的电影——《巨蛇——钦卡赫古克》,古伊库·米切扮演印第安人,看完电影后,她恨所有的白人。她闪念想,是不是要向阿明讲述这些。他们在一起到底能说些什么呢?电影院前的广场没有阴凉,苍蝇和黄蜂绕着溢出来的垃圾桶嗡嗡叫,裂开的柏油地面上疯长着杂草,有轨电车像在梦里移动着。亚历克斯把一束蒲公英种子朝空中吹去。汗水从她皮肤上冒出来。可阿明还是没有出现。她啃着手指甲,觉得希望正在离她远去。她弟弟渴了,想到阴凉下去。她无言地守在电影院前,觉得好像有千百层灼热的灰尘包裹着她。可当阿明穿着松松垮垮的短裤朝她走来的时候,她不再觉得炎热,冲他笑了。

真是热得出奇,他自言自语,朝她伸手,他额头上有汗珠,她能感觉到,她离他这么近。亚历克斯坐在一段矮墙上,用手扇着风。阿明捡起一块小石头,把它扔到她弟弟脚下喊道,嘿,漂亮的小傻瓜。

她听着自己开说了,而且停不下来了。她向阿明讲述爱蒙德·邓蒂斯,基督山伯爵,而且她很夸张,似乎伯爵是她很好的老朋友,和她分享秘密。阿明搓着脖子,倾听着,太好玩了,他说,她已经觉得自己好像飘离地面几厘米了。

亚历克斯起初从远处盯着这边,不过,她随后用眼角的余光注意到,他站起来,慢慢地走近他们。他站在她和阿明之间,拽拽她的衣服说,我渴了。她没反应,好像他就是空气。阿明马上把手放在亚历克斯的肩上说,嘿,小公主。

即使最后她明白了,她也不告诉阿明,这个有着一头金色鬈发的公主就是她的弟弟,是个男孩。她看得很清楚,一个人喜欢另一个人的时候,会怎么样。

小蠢货,小公主,阿明一直说着,抚摸着亚历克斯前额的那缕鬈发,鬈发绕着他的手指。蠢货,蠢货,好玩的名字,他说话打着颤音,好像要唱起来。她弟弟吃惊地沉默着,可她还是注意到,这没让他有什么不舒服。他带着怯生生的微笑盯着阿明,一声不吭,直至拥抱告别。我想再见到你们俩,阿明说着,眼光没有离开亚历克斯。她的心怦怦跳着,尽管她至多不过是他弟弟的一个牵线人。接着,她感到渴,感到彻骨的累,她感到虚弱,空气闻起来和平时不一样。

可亚历克斯还不想回家,他看起来很清醒,他眼里闪着光。他还想经历一次冒险。他求着,让她烦了,直至最终同意玩她最喜欢的游戏,她仍有点心不在焉。但很快她就跟着一起疯起来,在废气、喇叭声和刺耳的刹车声中,就在汽车前面,疾冲到马路对面。她听到亚历克斯不顾一切地尖叫着,他也让汽车司机怒不可遏,他俩可真是个好搭档,一个从马路左边起跑,另一个从右边起跑,还时不时在马路中间拍一下彼此的手。而后是尖利的刹车声,她听到一声号叫,她熟悉的,而同时又似乎陌生的号叫。亚历克斯倒在一辆黄色的特拉比前,人们从四面跑来,司机下了车喊着,这个男孩直接向他的车冲过来的!她站在她弟弟旁边,她的脚像是钉住了,动不了。他脸朝下,身体扭动着,一只手臂伸着,呻吟着,她看到他天使头发里的血。

# 7

正是暑假。亚历克斯带着他的进气管坐在角落里大声地呼吸。遭遇车祸之后,他在医院住了较短的一段时间。因为股骨断裂,他还绑着绷带,这让他看起来像是畸形的。她观察一只在她胳膊上漫步的苍蝇。安静,她对弟弟说,嘘。她有种感觉,和亚历克斯根本不对劲了。那苍蝇满屋子扑腾,在窗户上稍停一下,又落到她手臂上。昆虫是否可以驯服?她无聊时,脑子里就经常出现这样的问题,树在冬天会感到冷吗?蚂蚁会伤心吗?腿上蚊子咬的斑发痒,她一个一个地抓出血来。住嘴!她吼着弟弟,给我安静点!她真想把他的进气管从窗户扔出去,可他只会傻叫唤。她打开门,走廊里,一切都静悄悄的。

妈妈还躺在床上,几天来她好像疯了,用拳头捶着自己胖胖的肚子,喊着,她不想要这个杂种。她打她的孩子们,到后来,已经不需要为她的怒火编理由了,她的笨重让她更加恼火。父亲很少来家里,他的表情也是阴沉的,他只有喝醉时才笑,他的怒火随时爆发。他们上次一起吃晚饭时,他把一支烟叼在嘴角,好端端地,突然就把一整根肝肠扔到墙上。

她候在妈妈的床前,偷听着,想从妈妈的呼吸中分辨出,她对她说话,她的反应是会咆哮还是平静。她轻轻地问,她是不是可以下去。她重复了一句,这次大了点声。妈妈没动。她试着更响一点:我们可以出去吗?她喊。妈妈眼睛稍稍睁了一下,只嘟囔了一句:滚!让我安静。妈妈一直就这么说,可这次她坚信,在这句话中,有了一定的自由。

她带着亚历克斯从篱笆的一个洞爬进了游泳池后面。自从妈妈不工作了,她也没法从她的跑堂包里偷钱了。她换了衣服,跑向泳池,从三米跳板上跳下。她弟弟闷闷不乐地在草地边的一棵树下待着,因为还缠着绷带,他不能下水。她偶尔会从远处看他一下,想着,他不会注意到她。进气管在嘴里,他心不在焉地看着空中。她一次次从三米跳板跳下,直跳到耳鸣。她潜水的时候,她总试图在瓷砖铺的池底待上一会儿,用后背平平地贴住瓷砖。她观察那些在水里从她身上游过的身体,想象着,在上面游泳,看到下面躺着的自己。

下午,她嘴唇发紫地站在弟弟前面,上下蹦着。亚历克斯一直含着进气管,对她的问话没有反应。也许他病了,病得很厉害。他左眼皮抽搐着,他来回搓着手指,他习惯了在说话前猛地张嘴,像是要把整个世界吞下去。她有点同情他,他要改掉他抽动的毛病,最近他还踢脚了,像驴子那样,也许真如她妈妈说的,一块病屎。

他害怕回家。尽管这次妈妈的火完全冲着他姐姐来的。在发生摩擦后,亚历克斯得把她带到地下室去。他在她身后锁上门时,她吸了一口气,她闻到了熟悉的煤灰味儿和潮湿的墙的味道。在这儿,她不必为讨好人做不想做的事。

一束光从窗户的裂缝里照进来,她站在煤堆上,想看外面。裂缝总是显示同样的截图:一个巨大的梧桐树的根盘据的人行道,有时看到穿着鞋的半条腿,到膝盖。她走遍房间,读着她在墙上刻画的字,已经不记得是什么意思了,比如7×34,一个秘密数字?在自己搭的架子下,放着父亲的一个旧皮箱,里边的东西她几乎能背出来:写了字的纸、旧杂志和画。画上有摆各种姿势的裸体女人,她认为,绝对技艺高超,可她更感兴趣的是侦探小说,是她父亲用绿色的墨水誊抄的。一个叫巴梦克的检察官独立破获一起银行抢劫案,在简练有力的句子中她又认出了父亲。他梦想成为一个英雄,这让她感动,可她也猜到,他从来也不会真正写一本书。她说不出真正的原因,但有一点,她是能肯定的,就是,他不会把任何一件事情做到底。在箱子边,有一堆书,是她在地下室里时的最爱。有老集子《布雷姆的动物生活》,有彩色的漂亮插图,有昆虫、哺乳动物、鱼、鸟、爬行动物。她拿出一册,是关于蜈蚣、昆虫和蜘蛛的,对着光,小心地翻着。她很惊讶白蚁的建筑艺术,坡度很大的丘状土建筑,可以达到三米高;她反感却又着迷地看黑亮的屎壳郎在劳作,陪伴着蝎子蝇的第一次飞行。当她眯上眼睛,长久地看一幅画时,这些动物就会从书上跑下来。一只田野蟋蟀跳到了她的脚前;一只水螳螂碰到了怕光的牛虻;一只巨大的金龟子在空中嗡嗡飞起,它的翅膀发着黄绿的金光,它对收藏者来说可是稀罕物。蜘蛛网织满了地下室的墙,一只蜉蝣在找水,同时有很多谷蛾围着粮食飞着。她特别小心地翻过蜘蛛家族不看,她不怕大老鼠、小老鼠或者蛇什么的,但只要想一想蜘蛛,她就感到恶心透了。

去年冬天,一只耗子在她脚边久久不动,她可以仔细地考察研究她以前读到过的内容。老鼠全身的毛是深色的,几乎是黑色,这东西总长度达到了三十五厘米,尾巴有二百七十个鳞甲圈——这她怎么也辨认不了,她开始大声数的时候,老鼠忽地一下溜了。

地下室的灯光更加暗淡。几乎看不到她的涤纶围裙上的花。雨滴打在开着的、宽间隙的小窗口,雨散发着炎炎夏日的味道,同时释放着她的喜悦和忧伤。她想象着,死了会怎样。有人会为她伤心,这对她很重要。除了朋友艾维拉和她弟弟,想不起还会有谁。她无法想象,她这样简简单单地得到解脱,因为她坚信,这世界发生的一切与她有一定关系;这空气,她呼吸的,在她周围的,只是因她而存在,如果她不呼吸了,也就没有空气了。以前,每晚睡觉前,她都祈祷,可后来,她对上帝的信仰正如死亡那么遥远。

雨渐渐变成了蒙蒙细雨,这会儿该是大清早,因为送奶工刚刚在送牛奶。她听到叮叮当当的瓶子碰撞声和男人们的声音,她在滑板上蜷缩起来,想着她最爱的童话故事,故事里聪明的格雷特津津有味地吃完两只烤鸡。

亚历克斯打开门时,天早就亮了。他说,她情绪很好,用手在嘴上擦着。

妈妈在厨房桌边坐着,抽着烟,还没洗的头发披在前额上。尽管她看上去闷闷不乐,可她显得还是不错的。女儿被允许抹面包,喝冲淡的果汁,可她知道,这个状态就像玻璃杯一样易碎,还是小心点儿。可她弟弟殷勤地讨着妈妈的欢心,他笨拙地试图抱她,在她的酒杯里喝东西,扑啦扑啦摇晃着,扮着鬼脸。她很清楚地感觉到,渐渐地,妈妈烦了。她想警告亚历克斯,可她也对他盲目的、颤巍巍的激动着迷,她问自己,当妈妈好情绪到头的时候会如何收场,妈妈的嘴角已经开始向下撇。可有一丝微笑掠过了妈妈的脸。

我们来玩个游戏,妈妈说。亚历克斯马上表现出夸张的开心,拍起手来。他得吃一个辣椒,可以得到五十芬尼。

她还从来没有看到过这么小,这么红得发亮的辣椒。妈妈面前放着一整袋,可能是她从中欧列车餐厅带回来的。

五十芬尼,妈妈重复着。她的声音令她有点惊疑,可弟弟已经咬到了一个辣椒的蒂,他嚼着,吞了下去,开始大叫,跑向水龙头,在厨房直跳,脸通红,手狠命舞着,好像要赶走一群胡蜂,竭力伸着舌头,吸着空气。妈妈笑翻了。她也跟着笑,虽然她预感到,她将是下一个。过了一会儿,弟弟安静了下来,他的眼泪流了出来,双手捂着脸。

她本以为知道,等待着她的是什么,可咬了辣椒后的这般疼痛她还是没有准备的。她马上演出了一场和她弟弟一样的舞蹈,很久以后她都感觉到喉咙里的伤痛。

她有种感觉,这段时间仿佛凝固了,厨房的钟的指针几乎不动一格。母亲喝着酒,情绪越来越低落,一支接一支地抽着烟,重重地叹气,她的眉毛像两道阴沉的木杠横在脸上。我的眼睛疼,她带着迟钝的语调说。

女儿感觉到妈妈的目光,那目光朝她投来,好像她不是一个人,而是一个距离遥远的地方。亚历克斯一动不动地站着,静得像条鱼,像鲽鱼幼虫,她想,还没有完成自己游泳动作的幼鱼,妈妈是电鲇鱼,谁碰了她,就会被电击。她担心气氛恶化,就建议玩别的游戏。她轻轻地跟妈妈解释,然后一起给亚历克斯写了一张购物单,上面写着特别好笑的东西。当他在合作社买东西的时候,售货员得念出纸条上写的,那些从来没有卖或很少有卖的东西:鳗鱼、油浸沙丁鱼、草莓、桃子、黄瓜、西红柿。

一会儿,妈妈的声音含混不清了。女儿等着她开始说胡话,然后扶着这醉了的女人上床。

第二天早上,妈妈很早就在屋里走来走去,推开所有的窗户,给姐弟俩派了好多活儿:橱柜里的东西收拾出来,再整理进去,扫地,拖地,抛光台阶。她处处都看到灰尘,她自己坐在厨房里抽烟,用尖锐的语言差遣着孩子。她女儿知道这样的一天的绝望,她将不可避免地做错什么而受到惩罚。在亚历克斯恐惧地努力着想完成任务的时候,她挑战着母亲。她渐渐放慢了动作,像放慢镜头似的擦着柜子,头转向窗户,沉着地盯着院子里栗子树的树冠;当母亲向她打来的时候,她想着巨大的花金龟子,她想象着她要是有它的翅膀,就可以飞得很远。可是她的目标,只能是在妈妈终于爆发的时候才能达到:滚出我的房子,别让我再看到你!

## 8

外边阳光耀眼。她一直还围着蓝色的有花的涤纶围裙。她想着,她可以做什么。她的借书证在家里,游泳没有游泳衣也不可能,假期游戏她也没报名。她漫无目的地在街上逛着,渴得忍不了了,她走进了一个供销社,闪电般将围裙的口袋装满了糖果,抓起一瓶绿色的香车叶草汽水,迅速离开了店里。售货员追到了街上,大声地在后面喊着——可她还是跑了。她是班里长跑最快的,其他人不行了停下来喘气时,她才刚刚开始。她的腿像是自己在动,她跑过铁路桥,沿着一条狭窄的泥路,这条路,树木枯萎,直通向一个小园子。她停住了,看看周围。她没发现任何人,她打开一扇小木门的门闩,走进园子。她摘下一个青绿的八月苹果,连着果核一块儿啃着。在另一块地里,她把鹅莓树丛洗劫了一遍,甚至还发现了一个暖房,当然什么可吃的都没有。她找到了一辆自行车,一辆很重的男式自行车,她想骑上去的时候,她几乎碰不到脚蹬。她把车扔在了一个墓地,沿着修好的路溜达,到了一个老水泵边停下来。她启动操纵杆,喝着,让清凉的水柱冲她的脸。当她想推开一扇园子的门时,不知从哪儿冒出来一只狗,这个巨大的黑黑的家伙,一步就跳到了篱笆边。这狗的眼睛里有白色的薄层,没有瞳孔,呼噜呼噜从喉咙的深处发出声来。她让它嗅着,同时吸进了它的气息,动物的、夏日的、垃圾的味儿。她不怕它,但当她爬过篱笆时,她也不让它离开视线。园子很大,很破落,在后面有一个亭子,在狗窝前放着一个塑料饲料盆,上面苍蝇飞舞,旁边一个半满的水碗。她悄悄地穿过灌木丛,被刺痒的草丛划了,叫了一下。她一动不动地站着,四周一片寂静。空气中散发着木头烧焦的味儿,夕阳温暖着她的后脖颈。狗无声地跟着她,它毛茸茸的长尾巴来回摇着,拍着地。她闭上眼睛,好像一切都会合在一起,光线中颤动的尘埃,蜜蜂的嗡嗡嗡声,这个园子看起来就根本不像园子,而像一片闪着光的毯子,马上会飞向空中。亭子的窗户是关着的,可门很容易被打开了。一束阳光照进屋里,其余的地方还是暗的。她看到一张破旧的沙发,桌子,两张折叠椅互相靠着,好像在相互支撑。她感觉到肚子空空,一颗牙有点疼。她吃着围裙口袋里的糖果,尽量用不痛的一边嚼着。

她靠在沙发上,狗朝她跳上来,自然地伸开前腿,舔她的脸。小屋陷入了黑暗中,她紧偎着这个大动物,她的手能感到它的心跳。

天蒙蒙亮,她从梦里醒来,旁边这个毛茸茸的东西猛地让她吓了一跳。可是空空的肚子马上让她记起了,自己在哪里,还有她的牙不知不觉已经开始阵痛了。

我饿了,她对狗说,又饿又渴。她告别了狗,爬过篱笆。就在她穿过小园子的路时,她看到地平线的一道闪光,在隆隆的雷声到来之前,她数了八秒,她知道雷雨还离她比较远。她在水泵前停下,喝水。然后,她继续走,连续走了一小段,在自己家门前停了下来。

她想象着三楼窗后睡着的亚历克斯,她不想和他交换,她根本不想和谁交换,尽管她希望得到很多别人拥有的东西。她注视着面包店的陈列品,然后悄悄走进院子,那里放着晾着的蛋糕盘。鸡蛋布丁是她最喜欢的蛋糕。她偷偷听着下面烤坊传上来的动静,刚把一块还是烫烫的蛋糕狼吞虎咽地吃下去,她就从烤盘上拿起了第二块蛋糕。然后,她到街上活动了。店门开了,她在一个百货大楼转了好一会儿。之后,她挨家挨户去按门铃,讨瓶子、玻璃杯或是旧纸板。她拖着她的收获去废旧市场。店里散发着酒和馊了的果汁的味儿。她的一捆报纸称了不到四公斤,加上瓶子,她得到了两马克,作为附赠品,她得到一些印花贴纸。乘城铁到了火车站,去了那里的时事电影院。在每周新闻里,有一则报道是关于国家人民军[①]的,她忍着看了三遍,只是为了能三次看到劳莱与哈台[②],又胖又傻,两人比着蠢,但很上台面。当她离开电影院时,身边的那些人在她看来很陌生。她多么想作为第三人加入到劳莱和哈台中间,想着能够一起聊些什么。在一家

---

[①] 民主德国军队。
[②] 上世纪二十年代至五十年代美国电影史上著名滑稽片搭档。

商店橱窗前她停下来,吹鼓着双腮,假装绊倒,可是没人理会。之后,她看到两个警察在远处,自己就悄悄地溜了。在火车站厕所她洗过脸,用手捧着水喝,然后决定去动物园。

她从铁丝网缝隙中挤进去,蹑手蹑脚走过一个发出呛人味道的垃圾堆,到处都是疯长的野草。河马让她想起艾维拉的母亲,在角落里悲伤地蹲着的猕猴像是弟弟,豹是父亲,阿明是小鹿,给母亲她找不到合适的动物,她觉得自己和渡鸦有着近亲关系。

狮子朝她转过头来,透过栅栏盯着她,她也呆呆地回盯着它,沉迷于它瞳孔的光芒中;她想用她的目光征服它,想强大到狮子能跟着她,到她母亲那里,上学校,去找阿明,可是它只是打了哈欠,向她亮出尖尖的大牙。她希望把它带出平静,跳过栏杆,拿起一根棍子,走近笼子。她感受到自己强烈的兴趣,去挑战那只动物,用棍子敲击栅栏,发出嗷嗷的吼叫。她围着笼子跑着,龇牙咧嘴,想法去刺激狮子,可狮子只是闭着眼,转过身去。但她不罢休,还是不停地围着笼子跑,像是被驱赶着,她的凉鞋拍打在沙子上。当一群孩子靠近动物笼子的时候,她站住了,感到心脏跳到了嗓子眼儿,不知道往哪里去。

她这次在一处出租房找到了过夜的地方,藏到阁楼里。屋梁热得咯吱作响,肚子也咕咕响,她幻想着一大片面包,夹着肝肠,抹着芥末。天还没有全黑下来,到处都是蜘蛛网,她俯身穿过长着霉的、满是昆虫尸体的地板,坐在最高层的楼梯间里。台式钟滴答响,收音机和孩子的声音传过来;有人下半层楼上厕所时,她努力使噪声渐渐消失。渐渐地,周围静下来,只有底楼还传来竖笛的某个错音。她悄悄地爬下楼梯,来到下面一层,把头枕在一间屋门口的擦鞋垫上。她很长时间睡不着;翻身时,她的胯骨撞上了地板的硬木头,牙敲击得更疼了。

叽叽喳喳的说话声唤醒了她,睁开眼睛时,她不清楚自己是在哪里。她看到几只脚,孩子的光脚,还有大人的。她猛地起来,两个被母亲手牵着的小屁孩盯着她,好像她是外星人。一个男人从他们身边走过,快速到楼下。他要去叫警察,她想,但这些无所谓,她只是饿得没有力气。在餐厅里,她讲述着狠心的母亲的故事。这故事令人印象深刻,她获得一份同情和一顿真正的早餐。

一位警察陪她回家。她努力跟上他的大步子,他则想出一个又一个理由,说明离家出走不值得。他说,她是一个很理智的孩子,起码他有这样的印象。

当他复述了她的故事后,妈妈说,都是撒谎。懒惰的女儿,偷东西,把弟弟推到汽车底下,这是她的说辞,她用控诉的声调加重语气。

她不知道警察会相信谁,她只是观察着母亲太阳穴上鼓出来的血管。他告别的时候,告诫女儿和母亲要相互忍让。

她回到她的房间里,等着惩罚。过了一会儿,亚历克斯来了。她睡了,他说,他张大了嘴。他看着她,又把嘴长大。

你怎么啦? 她说。

他不安地眨着眼,好像眼里有沙子。

怎么啦? 她又问了一遍。

亚历克斯耸耸肩,啃着他的手指甲,呆望着窗外。

我跑了,你生气吗?

他的嘴张得更大了。

这太烦人,她说,学着他的样子,像鱼一样强吸空气。她在想,弟弟以前是否也这样喜欢做鬼脸,她仔细地看着他。他用扁扁的手搓着双腿,头发挂在脸上,他那可笑的驼背看上去就非常滑稽。

嘿,她说,你的眼在抽动。她着迷地盯着弟弟的左眼,它好像是被多次电击过。

别惹我,亚历克斯说着转过身去,把潜水用的进气管放进嘴里。

她并不同情他,她可没这功夫。不过,她不希望弟弟就是现在这个样子。他不会反抗任何人。

下午,她的禁闭又加上了一年。她放松地乐了,觉得这样的惩罚背后是妈妈的软弱。

妈妈坐在床上,用手掩着双眼,像是怕阳光耀眼。不过,窗帘是拉上的。

我不舒服,妈妈说,给我按摩一下。一线口水从下嘴唇慢慢落到大肚子上。

她难以想象,那里面是个孩子。她开始给妈妈按摩头皮,突然间牙碰牙抖着,疼痛难忍,她从牙缝间大声喘着气,疼痛遍及整个头,使她呼吸不得。她拼命喘着,喊着,什么也做不了,她只是站在那里,双手抱着脸,号哭着,我的牙,我的牙;她依稀觉察到,妈妈是如何离开了房间。

她是班上唯一一个逃避检查的,只要有牙科医生来学校,她就有办法溜掉。想象着可能带来的折磨,她觉得,这比牙疼还糟糕。不,她永远不会去看牙医,即便是嘴里只剩烂牙根也不去。

她弟弟突然站在她眼前,手里拿着一瓶烧酒。他奉命把她带到地下室。她要在那里喝烧酒,疼就会消失。

第一口太难喝了,像吃药,第二口,疼的顶峰过去了。小口喝着漱着牙龈,热从里面散开来,膝盖开始软了。身体开始舒服地麻木起来,头上疼痛的敲击随着一下吞咽缓了下来,这吞咽在耳中回响。

她被一阵风声弄醒,风拍打着没关紧的窗户,她不知道是白天还是黑夜。当她费力从地上起来的时候,呕吐物涌到了嗓子口。空气重重地从她身上辗过,牙疼是消失了,可好像有什么人把她的头压进了夹钳里,她觉得恶心,非常恶心。她在煤堆旁闭着双眼,吐得灵魂出窍——她灵魂的味是酸的,像胆汁一样苦,只是通过一线口水和五脏六腑连接着。她觉得自己很大,被吹起来了,双脚好像不是她自己的了。一个声音传进她的耳朵,她好不容易睁开双眼。她弟弟的声音比平时的要响。过了一会儿,她明白了,他想对她说什么:妈妈住院了。

　　她走了,亚历克斯重复着,走了。

　　模模糊糊地,她觉得,他哭了。

　　她会回来的,她说,但并不希望这样。她渴了,非常渴。

　　她会死吗?亚历克斯问。

　　她摇摇头。不过,她无所谓。她急切地想把头伸到水龙头下,她从来没感觉到这么渴过。


## 9

　　自从妈妈流产后,她父亲就又经常到他们这里来了。

有一次,他竟试着做饭,可豆子在炉子上就是烧不软。她每天晚上还是会被派去酒吧,以备足啤酒。她父亲讲着他的故事,不久他们都会背了,他曾是多好的一个运动员,六十米九秒,保持了十五年,她知道了他第一次喝醉酒的每个细节,他祖父在战争中如何受伤。妈妈几乎没离开床。

常常一大早气温就超过了30度。她觉得,好像周围的东西都要熔化了。她清扫台阶,好像粘在台阶上。在她把扫帚举过台阶的时候,她沉浸于白日梦中,在森林清凉的风中,开始奔跑,头也不回地跑。

她从妈妈大声的自言自语中得知,妈妈失去了一对双胞胎,一个男孩,一个女孩,她总在悲恸地呼喊着她的宝宝。这种痛苦,她不明白。这不正是她想要的?真是不理解,接着,哀号听上去是真的了,最后她确信,妈妈是在为自己哭。

而后,日子又日复一日回到了从前,一阵寒风吹开了卧室的门,妈妈愤怒的力量歇斯底里地在屋里发作,拽开窗户,发号施令。

假期结束,开学前一天的这个夜晚好像不会流逝。她答应过,要做一个好学生,她很高兴地把一本新本子的第一页写满,她有了要成为一个对社会有用的人的雄心,也许她甚至还会自愿地去接受牛奶收银员的职位。

她上课前去接了艾维拉。艾维拉的妈妈更胖了,呼吸困难,只能侧着走过门。她无法想象,艾维拉的母亲曾经也是个年轻的姑娘,她怎么也不能相信妈妈也曾是个姑娘。当她看那个时期的照片时,她有一种奇怪的尴尬,特别让她不知所措的是,她发现了那些小时候的照片,照片上,妈妈长着金色的鬈发,在铁皮浴盆里戏水,一个面颊丰满红润的女孩,脸上笑容灿烂。

她班上新来一个班主任,鲍姆老师,一个小个子,训练有素的男人,显得不会太有耐心。在第二节课,他的钥匙圈就已经掷向了最后一排,击中了捣蛋鬼的头。她觉察到一阵甜蜜的激动,因为这不是冲她来的。新来的班主任不了解她。她试图在脸上显出感兴趣的样子,逐句听着他的话。可当她积极举手时,她注意到,班上那些最好的也在努力讨好鲍姆老师,她知道,和他们去竞争,是毫无希望的冒险。

他们在说,在核战争爆发的时候,学生应该如何应对;老师的讲述她并不太明白:他们应该在街沿边躺下,闭上眼睛,在街上尘土中趴着,直到一切平静下来。可他们怎么能这么快地到街上去呢?或许在投掷核弹前会得到通知?老师对她的问题耸了下肩,开始收拾东西,他们也许可以在紧急情况下就在课桌底下趴下。

无论她多么努力,她还是没过多久就忘了家庭作业,影响课堂,得到了第一个警告。早上迟到太久时,她立在教室门口,老师的声音透过门传来,她不敢进去,等到下课,或者干脆旷课,这一天余下的时间就闲逛在街上了。

有一个盲人老太太,她有时候帮她过马路。那老人认得出她的声音,啊哈,是你,她说着,就完全放心地挽住她的胳膊。有一回,老妇人希望姑娘能给她讲讲看到的东西。她瞥了周围一眼,没看到什么值得说的,也没什么事儿,她说,一些人在蔬菜店前排队,三个俄罗斯士兵一个接一个跑过面包店,在送奶工前面一个男孩在擦自行车。那些鸽子呢?老妇人问。于是她把老人领进了克拉拉·蔡特金公园。她们并排坐在长椅上。她打量着她,觉得有了跟她胡扯些什么的兴趣,天空是绿的呀,南瓜在树上长着呀,有狗飞过去啦。可她不能确定老妇人是不是天生就盲,这就限制了她对看到的东西添油加醋的空间。鸽子的脚涂成了红色,她说,它们看起来在笑,而事实上,她越久盯着鸽子,她就越发觉得,她在这些鸟的脸上看到了笑。

也许是些笑鸽子,老妇人惊讶地说,可它们生活在非洲,不在我们这儿。它们生活在荒凉的戈壁滩,这儿不是这样的,或者变化这么大?

她让老妇人相信,这城市还是城市,她给她描述街道和房子,直到她注意到,老妇人笑了:可孩子呀,这我知道。

我得回家了,她说,再说鸽子会传染疾病的。老盲人转向她,有那么一瞬间的惊愕,她怀疑,这老女人是不是看得见的。她做了个鬼脸,可老妇人表情毫无变化地盯着她,在她要转过身去的的时候,老妇人抚摸着她的头发。

我现在真的要走了,她说,试图听上去很坚定。那你们晚饭吃些什么啊?老妇人问。她编造了一些特别的菜肴,外加一个操心的可亲的母亲。这对你很好,孩子,盲妇人说,在回去的路上,她继续撒着谎,吹得天花乱坠,她好像根本就停不下来。她一口气说着她的好成绩单,她在学校多么受喜爱,她肩负的责任有多大,她一直说着,让自己也相信了这是真的。尽管她知道,自己在撒谎,但在她的谎言中有一个真实的空间。梦与愿望不是不真实,只是它们是梦与愿望,没有梦,她就永远无法住在森林小屋里,她就根本不知道生活还会有什么真实的意义。她试图看懂这个盲妇人脸上的表情,她是不是信她,可是她看不出来。这个老妇人短短的、油油的头发,搭在脑袋上,像一个压扁了的皇冠,她也许会是个魔法师或者巫婆,保险一点儿还是说得轻些。告别的时候,盲妇人拉着她的手说,一切都会好的,孩子。说完,她便消失在门洞里,像一只落单的鸽子。

在家里她等待着一场摩擦劈头盖脸地降临,妈妈情绪不好,发火了。她对妈妈讲她碰到的盲妇人。这干我屁事,母亲叫喊着,你和你的那些鬼话……然后,她愤怒地、毫无控制地打过来。

这没有什么差别,不管她说了谎话还是说了实话,妈妈反正就坚信,事实是打出来的。她竭力坚持自己是无辜的,她无法想象,怎么会惹妈妈发这么大的怒火,便更加使劲为自己辩解,以至于自己都不知道什么是真的,什么是假的了。妈妈说,她到处有眼睛,她什么都会注意到的,甚至一只苍蝇在舔脚。而她早就练就了一门技术,以避开她控制的眼光。她要在妈妈的暴怒中消失,就像在漩涡中间,一直往下沉到底,就完全不见了,尽管可能在妈妈看来不是这么回事儿。

## 10

她父亲看着妈妈,就好像她说着一种外语。他们会相互再试一次,最后一次,像常常发生的那样。他已经有两天没有喝酒了。女儿注意到,这对他有多难。他努力想点一支烟,他的手抖得那么厉害。话好像也是矛盾的,没人懂他想说些什么,妈妈把他的日渐虚弱当作自己的优势。这是一个诡计,她讥笑道,不想相信他改变信念,照她的话说,醉鬼永远是醉鬼。早秋的阳光明亮地透进窗户,无情地照着父亲消瘦的脸。他的眼光闪亮,像在发烧,他像是一只心神不定的落入陷阱的胡狼。

傍晚时分,门啪的一声关上了。他消失了,随之而去的还有妈妈的珍珠项链。

可这是妈妈后来才注意到的,她诅咒着上帝,那个早就显示过他的仁慈,赶走过这该死的畜生的上帝。上帝得为一些事负责任的,妈妈祈祷着,祈求免受冲她而来的一切磨难,祈求上帝,惩罚她丈夫,这个该死的寄生虫,靠她的钱财养肥自己的寄生虫。可是,上帝给她的最大的惩罚是她的孩子。我这是造的什么孽呀,上帝啊,她声嘶力竭朝天喊着。她有种感觉,如果真有一个上帝,妈妈这样哭天喊地叫也会把他赶跑。

第二天早晨,父亲又在屋里吵吵嚷嚷;眼睛醉醺醺的,喝得烂醉站在他女儿面前。她的食指狂乱地在空中画着圈,一再说,我作为一个人请求安静。也不知什么时候,他倒在沙发上睡着了,打起了呼噜。

当她从学校回来的时候,爸爸妈妈高兴地坐在电视机前。她得往酒吧跑,来来回回,得拖回这么多啤酒瓶,直到拿不动为止。可到了半夜,她感觉到房间里的怒火在升温。父母的声音传来,话越来越刺激,妈妈的呼吸听起来很粗,你这个倒霉鬼,她喊着,丧门星、混蛋、恶心的毛毛虫。他们的女儿很快闭上左眼,再闭上右眼,接着妈妈已经躺在了地板上,父亲的膝盖压在上面,扼住了她,扼得这么紧,直到妈妈的眼珠凸出。她自己无法挪一下位置,她把这一切看得清清楚楚;当妈妈又喘过气来喊救命的时候,她自己还是动不了,她一点动不了了。这样的打架她常常目睹,她总是在等待屋里只剩妈妈撕裂的抽泣声,重重摔上的门,父亲台阶上的脚步。于是,房间布满阴影,她坐在被殴打的妈妈身边,抚摸着她,有了种罪恶感,因为她对妈妈没有产生同情。她不想那么无情,可嘴里嘟囔着安慰的话语时,她什么感觉也没有,连一点害怕都没有。

父亲的天分是多方面的。他会画,会写,他会一个晚上干掉三十瓶啤酒,他会讲有趣的故事,如果照这样,他好像对女人们很起作用。

他又一次消失了几天,妈妈让她出去找这个醉鬼,告诉她找不到他就别回家。她在大街上一直跑,踏遍了酒吧,最后在黄昏时才在公园里的咖啡馆找到了他。他坐在一个女人旁边,女人的手搭在他的手上。女人的指甲是染成红色的,她鲜红的嘴是心形的。父亲让她笑了,她的意思是,听到她的笑,珍珠般的笑,像来自于每周一晚上电视台播着的老电影。她感到一阵战栗,天有点凉,有风,可她还不能把目光从父亲身上移开,他看起来和咖啡馆里的其他男人不一样,更荒诞些。他穿着一件绿衬衣,像是军装,他深色的头发夹杂着缕缕白发,当他把杯里的啤酒干掉时,他的喉结剧烈地动着,好像要从他的嗓子里蹦出来。他说话时,手在空中挥舞着,她能想象,他在说些什么:他生活中的故事。旁边的女人表现出很受感动,在他耳边轻声细语,父亲笑着,以一种忧伤的方式,她从来没有看到过他这样,她突然感到了不安。这个男人是谁?她问自己,他和她有什么关系?她为什么会在这儿?她不愿意在窗户前站着,观察这个男人,那她想干什么?她想最好她的生命能有那两三个大跳跃,到一个不认识的宇宙里着陆。一阵风吹动她的肢体,她试图抖去寒战,走向门,进了酒吧。她在污浊的空气中挪动,好像要撞开它,在那张桌前站住,等着。她清了清嗓子,感觉得到,自己脸变得有多红。尽管父亲早就注意到她了,可还是继续与那个女人说着话,好像女儿根本不存在。那女人向他俯下身,像是小声地问他一个问题,然后抬头瞥着她。他摇着头,招呼服务生。她感觉到,自己像是裸着,她的皮肤是大声的谎言拼凑的,她长进了她的羞耻之中,接受了她是这个男人的女儿这个事实。

爸爸,她说,咧着嘴笑。

父亲抬起胳膊,像是要赶走什么,然后收起手,握成了拳。

周围变得安静。她父亲胳膊沉了下来,说,瞧瞧,看看这东西。可当女儿正想着会被骂得狗血喷头的时候,他笑了,站了起来,有点晃晃悠悠,站到她面前。

我们走,他轻轻地说,他的手抚摸着她的胳膊肘。

那女人在后面喊着什么,可没有让父亲转过身去。她感到骄傲感在提升,这回她成功了,她父亲跟着她回家去了。街上,他俩一起顶着风,她父亲叹着气,好像话语对他失灵了。他的头低垂,她挽着他。在家门口,他站住了,在裤子口袋里找着什么,然后一副愁眉苦脸的样子。

我的钱包,他轻声说,我的钱包,我全部的钱都落在咖啡馆了。

我帮你去拿,她轻声说,你等在这儿。

不,他说,太晚了。

我会很快回来的,她保证,语气中带着恳求。

他扁平的手拍着门,看也不看她,他说,上去,我就来。他试图用一声短促的叹息掩饰他的谎言,你以为,我开玩笑啊?然后,他消失在街上的黑暗中。

## 11

她在偷东西的时候被逮着了。售货员在门边挡着她的去路时,她差一点吓得尿裤子。她看起来还一直带着那胜利的笑,心里高兴,今天的猎物只有一袋糖。她坚持借口说,自己只是忘了付钱,谁能证明她不是呢——没人会知道她的床下仓库里藏着她偷来的其他东西。

当片警走进教室的时候,她猜想,是冲她来的。在这个警察作一个关于社会主义财物的报告时,她考虑着她的对策。她要否认一切。她试图从警察的脸上看出自己有多少机会过关。掌声渐渐平息后,她被班主任叫到前面黑板边。鲍姆老师怀疑地摇着头,说,他个人很失望。他的话听上去假惺惺的,她问自己,老师的失望从何而来。他对她根本就什么都不知道。她觉得很屈辱,无论她对事实否认还是承认,她的罪名已经预设。愤怒冲到了她嗓子眼,她决定,坚称自己无辜;那售货员搞错了,无论如何这可能性是与事实相符的,她被不公平对待,她表现出一点倔强的骄傲。她耸了耸肩,观察着她的老师。他老了,她想,至少三十岁了,可他还是不懂。她深呼吸,发出轻轻的一声口哨声。鲍姆老师眉头紧皱。她发出了更响的哨声,这让她自己都对这勇气吃惊,可这会儿,她无法回头了,吹着响哨回到座位上。她可以听到同学的呼吸声,可这会儿打铃休息了,警察告辞了,他好像很着急。鲍姆先生陪着他出去了。

休息的时候,她挑战似的看着班上。她前面坐着卢茨,一个瘦瘦的,难看的男孩,肺有点问题,总是发冷。他咳嗽的时候,痰会从气管里很深的地方咳上来。然后,他又很响地把它咽下去。他没法不这样,否则他周围的墙早就很恶心了。他也是一个人坐着。上课的铃声响了,她旁边桌子的同学都站着,她扯下了他的裤子,他站在那里,极度羸弱,颤颤巍巍,她在开了场的幸灾乐祸的合唱中,笑得最响。

鲍姆老师看着她,好像她的样子让他疲惫,用严肃的语调说,他今天还要告诉青少年救助委员会。

妈妈对这次的家访通知很激动。她站在走廊里,目光游移。姐弟俩得拖地,擦窗户,刷台阶。亚历克斯和她会有新鞋子,爸爸塞了二十马克在她手里,就是这样。

站到门前的是一位上了年纪的女人。上楼梯已经让她累得气喘吁吁。她让盖着台布的晚餐桌迷惑了,被妈妈担心的语调迷惑了,这位主要人物让她确信,她在带全家人过着完全正常美好的生活。

第二天,爸爸想要回那二十马克,反正这也是她预料中的。

一大早,她把睡眼惺忪的弟弟叫到窗口。雪花在空中飞舞,房顶都白了;在白色的风雪中,她平静地眯着眼。睡意退去,充满欢喜。姐弟很快穿好,跑向外面。在街上,她吸进雪中的空气,张开嘴,让雪片在舌头上融化。

在她的生活中,快乐是重要的。屋里的一切都还是安静的时候,她很高兴,躺在床上看书;当她饿了时,她读最喜欢的童话书,里面有格瑞特为他的主人在火上烤两只鸡,开始尝一只翅膀,然后再尝另一只,最后都忍不住了,然后好吃的香喷喷的烤鸡全吃了。每当她读这个童话,她都想象出,今后在她的厨房里怎么做鸡和鸭,她想象有一个铁炉,锅很大很重,成套的餐具上有蓝色的斑点。

她还玩洋娃娃,给娃娃钩衣服或用旧布裁剪衣服会让她开心。有时,她睡不着,因为她弄坏了娃娃的头,克斯汀,那个高大的黄头发,还有那些还没取名字的黑娃娃该穿什么。她去捡瓶子,偷钱,为她的洋娃娃的生活。

她喜欢圣诞节。几个星期前就开始计划谁会得到什么礼物。在她的床下挨着堆放的赃物有三件衬衣,大得像帐篷,她是为在医院的艾维拉的母亲偷的。在圣诞前的一个周二,看完老电影之后,她交给了艾维拉斯妈妈这件包好的礼物。这女人重重地喘着气坐在厨房椅子上,椅子在她巨大的体积下不见了,她想打开礼物包装结的时候,双下巴颤动着。她取出衬衣,一件一件地举起来。

三件衬衣?

红、黄、绿,她说,我想这对您来说很合身。

这真好啊,可为什么要三件?

我自己定不下哪件更好,她不假思索地说,感觉太阳穴后面跳了一下。

我不知道能不能接受,艾维拉的母亲说。她把东西又包起来,都能听得见她的叹息。

钱是我省下的,她赶紧说,我收了瓶子。可之后她就觉得有些不对,她不想对艾维拉的母亲撒谎。她承认,衬衣是偷来的。

不能再这样了,沉默了好长一会儿,艾维拉的母亲说。

她盯着她上嘴唇上的深色的汗毛,向她做了保证。

她父亲在客厅里装点圣诞树,用力把锡纸条甩到树枝上。她呆在门槛上,观察着他。他比她班主任年纪大,但他看上去年轻,他穿着蓝色上衣,像修理工,他脚旁摆放着彩色的球和一堆褶皱的纸。发现她的时候,他稍微停了一下。

你知道吗,红头发的人在慢慢地灭绝?他心不在焉地说。

你怎么知道这些？她说，摆出一副感兴趣的面孔。

他耸耸肩，朝窗户望去。不知道，他说。之后又去拿另一盒锡纸，把银色的纸条甩到树枝上。有人知道这个，有人知道那个，他的声音听上去像是要抓住空气。也不是什么了不起的事，他说着，看了看手腕上的表，然后看着他的女儿。

她似乎熟悉这眼光，但也不确定。她从不知道他下一步要做什么。他们的共同生活没有明确的法则，也没有有效的公正原则；同一件事，早晨会让她挨揍，晚上就只会博他疲惫的一笑。打的时候，他用手，这和妈妈不同，妈妈更喜欢用皮带，她觉得这更加公正些。

他呼出一口气，拿起一只红色玻璃球放到灯下。漂亮的颜色，他说，让我想起了什么。

他能画画，像一位真正的艺术家，他画面上的女人半闭着眼，尖尖的乳房，但她最喜欢他的油画，是沙发上挂着的那幅，一艘巨大的三桅船，与风暴搏斗，背景是闪电。

一只蛾子绕着灯罩飞，沿着罩边扑腾着翅膀。父亲又盯着表看，然后他指着蛾子。它在这儿干什么？现在可是冬天。他不理解地摇着头，抓了抓胳肢窝。她还从来没看到父亲裸着。有一次，他没穿衣服站在厨房，往水槽尿尿，她就没敢往那儿看。

现在三点,她说,还太早。

那蛾子在他的手上稍稍停了一下,飞远了。

白天都在下雨,街上光滑如镜。姐弟沿着公园里的下坡路滑着。一阵冰冷的微风穿过光秃秃的树枝,寒冷刺着他们的脸庞。这是圣诞前夜。

你是说,我会有个拖斗车?亚历克斯问。

他好激动,都忘了做鬼脸,他的脸是平静的,他的眼睛发着光。

是的,她点着头,踏在一片积水坑的碎冰上。她在思考,她是不是太贪婪了,记下了太多的愿望,会不会太难实现?可她的愿望是否能满足,是她能决定的吗?回答这个问题,她给出了很清晰的"不",感觉轻松了一点。她的弟弟看起来还是相信一个"能",在他身上一定有一个地方,安放无辜和希望,他相信某些东西——尽管他经常失望——,对她来说早就不会了;他相信,总有一天,一切都会正常起来。

光这个想法,她就觉得那么不现实,好像她闭上眼睛就要相信自己是盲的。

晚上八点时快冻僵了的他们登上台阶,敲门。她父亲穿着浴袍给他们开了门,他们迅速从他身边溜过,跑进孩子房间。他们要准备一个小小的圣诞节目。她给亚历克斯用绉纸做了一件披风,像一个柔软的起皱的帐篷似的裹上,还有一顶帽子,有点太小。她用妈妈的眉笔给他脸上画上胡须,让他看起来像一个匈牙利轻骑兵;她父亲说过,他自己是匈牙利骑兵的后裔。

当他们被叫到客厅室时,亚历克斯盯着闪亮的、五颜六色的树,忘了像先前排练的那样转身。她碰了一下弟弟,他开始出神,像梦游,双臂张开。好一会儿,静无声息。然后只听到窸窸窣窣的声音,亚历克斯终于想起来转身了,绉纸做的披肩在空中飘起来。他没大声唱,只是轻轻哼着,披风早就掉下来了,她轻轻咳了一下,没反应,弟弟还在圣诞树下放着礼物的地方动着,然后干脆就坐在地上。她听到爸爸妈妈在笑,尴尬地耸了耸肩,妈妈的笑变成了咯咯的窃笑。你完全搞错了,她听到爸爸大笑着说,她知道了,他们不是因她或弟弟笑,他们在笑他们自己的事。她送给了妈妈一块钩织的端锅布,送给爸爸一张画,上面能看到一个彩色的玩杂耍的小丑。

谢谢,妈妈说,那现在看看你的礼物。

她打开了一个穿着玫瑰色衣服的婴儿洋娃娃,感觉到妈妈充满期待的目光。她可不喜欢光头婴儿娃娃,只能给它穿无聊的衣服,也没法给它梳头发。她抱住娃娃,屏住气。地板上还放了些礼物。可在她打开包装前,得表现出喜悦,她得微笑,结结巴巴说些感谢的话语。谢谢,她说,大大地咧开嘴巴笑了,谢谢,谢谢,谢谢。妈妈似乎没听出假的味儿来。你喜欢吧,她叫着,我的好马驹儿,圣诞老人可是努力的。

亚历克斯在地板上开着他的拖拉机,发出突突突的声音。爸爸把浴袍的袖子挽到胳膊肘,惊喜于手腕上的金表。树上的蜡烛向下燃着,几叶圣诞树的针叶碰到了火花,噼啪噼啪燃烧出红火。她想,圣诞节就是这味儿,她母亲跳到树边,吹灭了最后几只燃烧着的蜡烛,从上到下打量着树,然后拍拍手说,好了,现在回你们的房间去。

她拿了她的礼物,叫上阿历克斯,他还在着迷地玩拖拉机,看上去十分满足。他慢腾腾地跟在她后面走着,胳膊上都是玩具,他像每年一样小心翼翼地把玩具放到床前。这样,他在睡着前还能看着,而醒来又能马上看见。

一大早她看着装饰着冰花的窗户,在玻璃上用哈气吹出个圆圈来。窗外下着雪,她想,弟弟盼望着雪呢。但她不想叫醒他,因为此时此刻,一切都还寂静无声,这对她来说,很珍贵。她又回到床上,取出新的童话书,潜入了另外一个世界,那里很多事都是可能的,那里桌子自己会铺开,魔鬼通过针眼,穷人受到奖励,恶人受到惩罚。

圣诞节第一天无忧无虑地过去了,到晚上就轮到她了。她没法抵挡,不停地去烤炉边,品尝酥脆的鹅皮。妈妈呆呆地站在鹅旁边,好像无法理解发生了什么。她脸上的表情慢慢地改变,从惊愕到愤怒。她在嘴里攒足了唾沫,吐到肉上。然后把平底锅放在桌子上,坐下。

那就祝你胃口好,母亲说,威胁地盯着她,你现在可以把所有的东西都吃光了。

她知道逃不掉了。她觉得嘴里的舌头厚重,而且毛糙,一座大山,在妈妈的眼光下她开始吃。

12

某一天,父亲又突然消失了,这次带上了他所有的东西。

二月的最后几天非常冷。天黑的时候,妈妈让她出去偷堆积在出租房前冰的煤球。大街上的煤堆快没有的时候,她就用邻居家地窖里的煤装满自己的桶。很早,大家还睡着,她生火取暖,把煤渣送到院子里。她喜欢第一个醒来,喜欢清晨嘴里寒冷的气味。

妈妈差不多一周不在家,回来的时候给孩子们带来了礼物。一个很大的蓝色毛绒象,塑料水果,小货架用的小小的瓶子。阿诺怀里抱着礼物。他开心地甩着毛绒象在空中打转。阿诺是个法国人。他送给妈妈一瓶瓶子样子像埃菲尔铁塔的香水。妈妈在中欧铁路公司认识了他,她喜欢他的声音,开心的时候她向女儿透露的。他从旅馆搬到她们这里,但只能待几天,然后就得回法国去。她观察着,妈妈怎样翻遍了他的衣服和皮夹子。阿诺说话时,妈妈大笑着,咕咕咕地像只鸽子,他的德语很滑稽,好像他觉得这种语言很有趣。阿诺离开后,妈妈的神经质又回来了。她当着姐弟俩的面计算着,他们有多费钱,要是没有孩子的话,她早就能买汽车甚至一座房子了。

阿诺还来看过她一回,但是在第一次激烈的争吵之后,就忙不迭地溜之大吉了。阿诺之后还有过其他男人,一个美国人,半秃,给他们玩魔术,一个奥地利人,他湿湿的小嘴里总叼着烟斗,还有另一个法国人。妈妈好像更喜欢国外资本主义,至少就情人们的出生地而言。

不知什么缘故,妈妈开始谈论身体卫生的事,要知道她是否常洗下身,是否有坏的想法。妈妈检查她穿的短裤,当然她觉得受到侮辱,也因此,她必须做得像是什么都不懂的样子。什么坏想法,她问。妈妈不说出来,性或操,那些让她脸发热的词。

她谨防着,什么也不透露,她知道这有多么危险。一次,妈妈心情好,她被允许和那个奥地利人跟着妈妈晚上一起看电影。是一部俄罗斯战争片,她坐在门旁的椅子上,完全被伊万迷住了,一个和她同龄的男孩,什么都不怕。妈妈在沙发上用嘲讽的口气抱怨情节和演员,可她却深深入戏,电影结尾时竟啜泣起来。

妈妈站在她面前,充满藐视地看着她。我为你害臊,她说。这一次,妈妈的蔑视使她措手不及。

在一个春意盎然的下午,她很驯服地听完妈妈的暴吼——她该滚开,不要再让她看见——,她决定按妈妈说的去做。跳下楼梯时,她感到轻松和明显的力量。第一个晚上她是在艾维拉的衣橱里度过的。里面狭窄,不舒服,透着毛衣蛾虫的味。天亮后她规规矩矩地去上学,老师什么也没察觉,放学后她绕过家一大圈。接下来的夜里,她想睡在被遗弃的房子里,但那里太冷了,她在大街上游荡,等着合作社门口晨光中摆上一筐筐牛奶。课间休息时,她和隔壁班级的女生攀谈,罗米,她也从家里出走过,罗米给她提供了父母小花园的小屋让她过夜。

有了口粮,她晚上就到小房子里,月亮低低地悬着,一片亮亮的盘,有火山口和裂缝,她试图想象那上面会有生命,感受冒险的感觉,但她做不到。小屋里没电,夜幕降临时,她躺在沙发上,裹着被子,等待睡着。第二天,她没有兴趣上学。她索性躺着,不想出去也不吃饭。罗米下午和朋友们来看她,她沉默着。此后过了几天,罗米才来看她,这次有两个警察陪着。她并不怪罗米告发了她。可她还是开始吼叫,像是透过面纱看这一切,感觉天空离她那么近,好像马上就要落到她头上似的。她被带到警局,那里已经有人等她。这就是我们那位离家出走的人,一个光头说,向她伸过手来。一位女警察问她,为什么出走,她想不出能说什么。静了一会儿,她啃着手指甲,墙上挂着昂纳克的像,她稍微想象了一下他不带镇静笑容的样子。

我不想回家,她说。

你不必这样,光头说,你父亲马上来接你。

她以为听错了,但那女人向她解释说,她父亲马上就到警局了,青少年福利局已被告知,而且妈妈已经同意。她想弄明白,这女人是否在撒谎或者传递了错误信息,但此时他听到走廊里父亲的声音。

直到她此后坐进父亲蓝色的瓦特伯格小轿车里,才静了下来。她打量着开车的女人。父亲的女朋友?她未来的后妈?好像她读懂了她的想法,她转过头来。我叫艾伦,她说,等你父亲离婚后,我们就结婚。

艾伦红头发,肚子很大,好像起码怀孕有六个月了。她看上去很平和,有点睡多了的样子,但无论如何是平和的。

她不知道如何表达快乐的心情;她发誓不会忘记父亲这样做。他一根接一根地抽着烟。我们先去普雷茨劳,他说,然后再去波罗的海。他从夹克兜里取出一小瓶石头村酒喝了一口。她从没见父亲穿过夹克。

你在波罗地海有工作?她问。

我们去那里的大西洋饭店,他说,以后我就有自己的一家小餐馆。他的声音里回响着自豪。

她从车窗望出去,看着天暗下来,田野和树闪过。然后,车停了下来,车灯照着路旁的一座房子。艾伦的妈妈迎接他们,一位面目和蔼的灰发女人,下巴上有个肉赘。

躺在艾伦小时候的床上,她开始竭力想象全新的东西,不分白昼和夜晚的时间,可想象出来的只有一些烟雾般的东西,她一边思考着一切是否从此改变,一边就睡着了。

天亮以后,她悄悄地来到外面的院子里。空气中有清新的泥土味,初生的荨麻有一层嫩绿。她发现一只死去的燕子,她为它建了墓,建得像房子一样。燕子有了一个草做的墓穴,食物储存间填满了黄色的驴蹄草,她想象着燕子根本没有死,而是会慢慢地醒来,就像童话中的拇指姑娘一样。

午饭后,洗澡间的炉子为她烧热了,她待在浴盆里,直到水变冷。之后,艾伦和她进城,给她买了件夏天的衣服和一双红色的鞋,甚至还有一顶小帽子。当然了,她永远不会戴。

她需要钱,但不愿去偷。她要钱给自己拍张照片。集市广场上有一家照相店,她就想记录下她穿着夏季衣服的样子,同时,她又为这样滑稽的想法感到害羞。最终,她还是逼着自己向父亲要钱,父亲给了她一些,也不问她干什么。

照片让她失望,她不知道看到的是谁,笑容像是别人的。

她真想永远待在这里,可是,他们很快就走了。这期间她也弄清楚艾伦的大肚子是怎么回事了:所谓的假孕,就是说肚子里是空气,不是孩子。

## 13

大西洋饭店看上去像个宫殿,沉睡的宫殿,她想象着阳光下宫殿满墙的玫瑰,可海面吹来一阵凉风。在大房间里她的床紧挨着双人床,她觉得太近了,她更喜欢在沙发上睡。

她父亲坚持让她每天上学前喝杯牛奶。她第一次上学的时候,并没有特别兴奋。最晚到秋天,她就得到其他地方去,因为没有哪个店主冬天还留在波罗的海。她在这里本有机会重新改造自己;没人认识她,她穿着新的衣服,留着新的发型,背着新的书包,她为什么不能成为全新的自己呢?她可以表现为一位很棒的运动员,一位模范学生。然而,就在老师招呼她并给她安排座位时,她明白了,努力是没有意义的;她被安排在一个胖姑娘身边,她第一眼就被看作是外来者,姑娘们交头接耳咯咯地笑。

放学后,她跑过松树林,沿沙丘跑向大海,走在海边上,寻找琥珀和被沙子磨钝的玻璃片。她拾满了一玻璃杯了,她也找贝壳,她要把它们贴在雪茄盒上,在里面她撒了些亮晶晶的颗粒。这是给艾伦和父亲的礼物。她画画,钩织花盆布袋,她精心整理花束:春白菊,矢车菊,罂粟子,用酸模和草围着;她想象着每天都送给艾伦和父亲礼物。

她常常坐在铁路边,让自己沉湎于烟雾、夏日的空气和野草的气味中,黑色的浴场小火车——行驶缓慢的蒸汽机车——每天来三趟。火车汽笛朝她吹过来,像是问候,只向她一个人。到处都开着黄色、白色、浅蓝色的花,香草、野草和金色的灌木丛,色彩的海洋一直伸向地平线,后面是真正的大海,再后面应该是西边了。西边对她而言一切都遥不可及。有时她努力想象西边是什么样子,从火山口的景象到童话安乐国,实际上它的不真实反倒使她不安了。她更喜欢待在熟悉的地方;她想到他的弟弟,还有妈妈,她想念她的布娃娃,但她还是决定不要它们了。

饭店里也住着外国人,长长的走廊是不同语言的混声背景;有温和的声音,柔和如划过空中的飞鱼,有吵闹,大笑,泣不成声,有时从门缝间滑出一声抱怨,像是有鬼魂待在那里。她挨个儿敲门,礼貌地要些邮票,很快就收集了很多邮票,可以放满一个集邮册。她最喜欢的那张邮票上是一头跳舞的金色河马。

她和一位波兰少年成了朋友,他父亲是小乐队的歌手,晚上在饭店里表演,他妈妈常常用手捋着她的头发用不熟练的德语说,她非常美,黑色头发,蓝色眼睛,她预见她会有很多崇拜者。沃德克给她展示,怎样用两个手指吹口哨。他们跟着马车跑,上面坐着兜风的旅游者,他们坐到马车后面的备胎上,有时车夫会朝他们甩个响鞭。一天晚上,他父亲唱着蹩脚的西班牙感伤歌曲,沃德克亲吻了她。几个小时她都觉得嘴唇发烫。她想象中的吻不是这样的,虽然她知道要用上舌头,但不知道是这么恶心的感觉,她可以不这样的。但是,在第二天晚上她还是无法拒绝他的嘴。

沃德克有个主意,把低价买进的汽水在沙滩上卖给度假者,为此,他需要些钱。

你干不干? 他说着,并在牙缝间抽着一根草茎。她预感到会发生什么,但还是马上就同意了。

一开始五个马克就够了,他说。去弄钱当然就是她的任务了。

他从父亲的钱包里拿了一张纸币。不幸的是,父亲是数过那钱的。她永远也不能承认偷了父亲钱,是他这样英雄般把女儿接到身边的。她拼命地撒谎,假话说得自己都信以为真了,这是她唯一从中解脱的办法。

她父亲把她关进房间后走了。她用双臂抱着上身,在屋里大声哭着,跑着,坚称自己无辜,但几个小时过去了,她父亲仍没有回来。她累了,嗓子哑了,充血的耳朵嗡嗡地响。她只想离开这里。她把自己的东西装进小包,爬出窗户,沿着避雷线下到平坦的沥青房顶上。从沥青房顶到地面至少还有五米高。她先把小包扔下去,然后坐到房顶边上,估算着自己能不能平安着地,但一直到黑天还没跳。

直到上面屋里亮灯之后,她才跳向深处,扑通撞到地上,情况跟她担心的一样糟。

本来可以不至于此的,医生看过透视片说。她要在医院里住一段时间。艾伦哭肿着脸来看她,父亲在病床旁向她眨巴着眼,她立刻发现,他喝酒了。没有人再提盗窃事件。她想到要收瓶子,换出那五马克来。不过,她放弃了这个想法,她这一跳不是证明了她不是小偷吗?

她出院后,有些事起了变化。沃德克走了,他父亲的小乐队到另外一个波罗的海浴场去了。她父亲现在是一家小舞厅餐厅的负责人,他们有了自己的房子。他自豪地带她参观他的餐厅。窗户上挂着橘色的窗帘,舞池闪亮,像是用油脂打过光,女厨师穿着白色围裙,硕大的胸脯紧绷着,正午的阳光从厨房窗户照到炊具和锅灶上,她感觉一切都那么宁静。

艾伦让她想起河豚,一种把空气和水吸进肚子,把身体吹成球的鱼。然后,它们升到水面,像球一样在水上游。她想象着艾伦的肚子像个水球,她哧哧地把空气放掉。

艾伦希望,她叫她妈妈。艾伦小声地提出这个要求,她在她声音里感受到某种她熟悉的害怕,害怕被拒绝。

她坐在一盘艾伦做的牛奶米饭前,但她动都没动那饭,她没有胃口。

你怎么知道呢?艾伦说,你还一口没尝过呢。

可能这是她平生第一次不饿。她觉得,胃在胸里,像石头一样沉。她想念妈妈做的饭。艾伦的耐心刺激了她,她竟然允许自己有坏脾气了。她说话带刺,甩撞房门,顽固地沉默。当她独自一人,没人看到她的时候,她就哭,也不知为什么。

长假期到了,她的成绩出奇的好。作为奖励,艾伦给她织了件白色的披肩。

继母要住院了,她感到轻松些,医生要让她的肚子缩回去。第一天,父亲试着照顾她,但艾伦不在时,他扮演父亲的角色有些吃力,当她向他保障在餐厅吃饭,而且一个人也可以时,他觉得这是非常好的主意。那里的饭菜像给畜生吃的,削皮的土豆是大桶供货,桶里蠕动着蛆,布满苍蝇的肉成了暗色,蔬菜腐烂;就是最好的厨师也拿这些材料做不了什么。她仔细地看过厨房,还是更愿意到合作社区去买东西。她从一个深绿色的小盒子里拿钱,钥匙在父亲裤兜里保管着。开始时,她很难不出一点儿声音地把钥匙从兜里拿出来,后来她才发现,父亲早晨睡得那么深那么沉。

夜里,舞厅的音乐飘过院子进入她的房间。她睡不着,想妈妈,想亚历克斯,她想象着他们一起坐在桌边,吃牛奶米饭,她甚至在舌头上感觉到了肉桂的味道。

她很少见到父亲清醒的时候。一天,他身后牵着一只灰色的毛茸茸的小东西。他松开绳子后,那只狗马上就匍匐着爬到柜子下面去了。

它害怕,她父亲说,身子趴在地板上的柜子前,嘴里发出可笑的吧嗒声。我想叫它"雨果"来着,他说。过了一会儿,他玩够了,就让她和狗在一起。她取了碗水放在地上,坐在一边等。慢慢地,狗从橱柜底下伸出鼻子来,过了一会儿,露出整个身来。狗小声叫着,呜咽着,它喝着水,毛茸茸的尾巴拍打着地板。

雨果和她形影不离,它在床上睡觉,她向它述说苦恼。它对她随叫随到,它对她完全俯首帖耳。她教它艺术:它双脚跳舞,跳过小棍子,遵照她的指令像狼一样嚎叫。他们在海滩上一起向度假的人们表演,鼓掌之后她拿着帽子收集大家的赠予:硬币,纸币,糖果和巧克力。但是,这些很快让她感到无聊。

她每天整理着小房子,她擦窗户,拖地扫地,去园艺店买束花作为圆满的结束。前几天,这里的度假房租给了新的度假客;两个和她同龄的女孩在打球,她观察了她们一段时间,到了傍晚,她们就三人一起玩了。

她告诉谷德伦和斯特芬海滩的一些秘密缩写。斯特芬有一台袖珍收音机。在野外,太阳已经烤蔫了草和花,她们听卢森堡电台的"八大家"音乐节目。谷德伦和斯特芬搂得紧紧地跳舞,闭着眼睛。谷德伦比较瘦,但斯特芬胸已隆起,嘴唇闪着红莓的颜色。之后,斯特芬也和她跳了舞。被斯特芬搂在怀里,她奇怪地感到无力,她们旋转着,下腹部相互压着,跳完舞后,她已经不知道自己是在哪里了。

另外两个坐到地上,她们的手伸到腿间,在那里动着,揉来揉去。她们在干什么?她想知道,但她们两个人只是呆望着空中,呼吸越来越急促,越重,然后斯特芬呻吟,谷德伦跟着短促地喊着,之后,两人就不想再跳舞了。第二天,斯特芬演示给她看怎么把自己弄舒服,获得妙不可言的感觉。她试了试,什么也没发生,只是手指很累。

她父亲习惯了给雨果洗澡。他晚上下班回来,还没站稳,就从厨房里把最大的盆拉过来,让她装满水。他在房子中间晃来晃去,说,我要安静。然后,他就嘟囔着义务、秩序和卫生,蹒跚着去厨房,拿出足够的诱饵。雨果的贪婪总大于恐惧,抵挡不住香肠的诱惑。一进到盆里,它就算完了;父亲给它打上香波,给它洗,她要抓牢它。她生雨果的气,它总是被新鲜玩意儿吸引过去。它应该明白,她想象着,把它长时间按在水下。她一松开,雨果便跳出水面急呼吸。可它什么都不懂,第二天晚上它又坐进盆里了,肚子里全是香肠,头上还顶着可笑的泡沫皇冠。她身体里生长出对雨果的强烈愤怒,她觉得,皮肤下面都是锋利的小刀,如果愤怒再压抑长久的话,这些刀子就会刺破皮肤。那样,她就是人形刺猬了,每位靠近的都要受到伤害。愤怒平息下来,她觉得自己不对;她满是悔恨地依偎着雨果,任它舔自己的手,感觉着它皮下的心脏,真想这样死去。

自从雨果每天洗澡之后,她浑身都是被虱子咬后挠出血来的痕迹。虱子在被褥里、衣服里、在衬衣和裤子上留下粪渍。她大清洗了一次,但虱子真的消失,还是在她父亲失去给雨果洗澡的兴趣之后。好像他对自己的女儿也失去了兴趣,他说,我作为人有我的权利,不等她提问。他微醉的眼光看着镜子,我作为人,他重复着,他的声音听上去渴了。她一直保持着距离,不知道会发生什么,她对自己说。

斯特芬和谷德伦早就搬走了。她觉得好像还是同一天,同一个时间,总是中午前后。七月的阳光下生命寂静得一动不动,好像鸟儿也忘记了呼吸。她和雨果一起躺在野地里,想念她熟悉的人们,想弟弟,想妈妈,在她想念之处,她胸中会出现一点一点的痛,令她窒息。她给妈妈写了封信。

从这时起,她等待着,准备着,为亚历克斯买礼物,给妈妈织花盆袋。在父亲面前她表现为听话的女儿,主动为他熨衬衫,当他酩酊大醉抚摸女厨师时,她很大方地视而不见。他好像没有察觉到她的变化,和往常一样,他中午醒来,睡眼惺忪地呆呆看着自己的女儿,眼光环顾四周前,总念叨着,我的小姐,不要调皮。她把脸变成笑容,他几乎令她难过。不过,她知道,他不需要她,他只需要他的烧酒。如果她离开,他没权生她的气。

知道不久就要离开之后,时间过得就容易些了,空气中有了期待。

她给自己买了一只红色塑料手提包,这只包她在商店橱窗里已经看上几天了。钱是她从爸爸盒子里弄来的,他好像很长时间不再数纸币和硬币了。她把包挎在肩上,走上大街。外面亮得耀眼,她出汗了,觉得随时随地会病倒。她找了块阴凉,海岸那边传来吹奏乐,声音如石头一般沉重地附着在她皮肤上。她蹲下来,背靠着墙,头放在蜷起来的膝盖上,开始打盹儿。热浪一波一波,袭击着她整个身体。

她想不起来了,怎么上了陌生的床,护士向她解释了一切。她高烧四十度躺在大街上,有人叫了救护车。她患了猩红热。护士的声音听上去很远,她想回答什么,但舌头动不了,变成了一块生锈的金属。

她再次醒来的时候,看到两个人影,她一开始觉得是梦里的图像。艾伦坐在椅子上织着东西,妈妈站在窗边,翻阅着一本画册。她赶快闭上眼。她小心地眯着眼,注意到,艾伦的大肚子没了,头发变成灰白色,而妈妈的头发变金黄色,好像怀孕了。她坐起来时,这一切像是在梦中,妈妈向她扑过来,抱着她。这让她浑身害怕,呆呆地坐在那里,任她拥抱,没有能力动弹。

你怎么啦?妈妈问,你不高兴吗?

我高兴,她保证说。由于没什么可多说的,她就指着妈妈的肚子,你怀孕了?她问。

这是什么问候!妈妈说,把话题岔开。我当然是怀孕了,挂着拐棍的瞎子都看得出。她两个嘴唇紧闭着,手抚摸着肚子。

艾伦来到床边,握起她的手时,她不知道说什么。她传送给妈妈发誓般的目光,好像这个女人让她难受。她没法看艾伦,想问她是不是痊愈了,但她不敢。艾伦向她告别时,抱紧她,几乎让她透不过气,她索性不停地咧嘴笑。

妈妈坚持当天就坐车回家。妈妈和医生商议的时候,她觉得听到了妈妈的声音在颤抖,一种不耐烦的颤抖,后面潜伏着震动,时刻都可能转变成狂风暴雨。

火车两侧的风景在身边闪过,妈妈讲述着家里的事,她感到遗憾,没能向雨果告别。

妈妈坐在边上,向她数落着有多少时间因她而睡不着觉。一种捉摸不透的不安在升起,妈妈有了一个新的男人,胎儿是她期待中的。

亚历克斯已经在门后等着了。他们相互怯生生地转着,好像两个陌生人想象不到又走到一起了。房子没有变化,只是弟弟有点异样,更加不可思议。他说话时舌头在嘴里卷动,像是玩嘟囔游戏,手一直摸搓着裤子,跳起来,坐下去,又跳起来,不安地看着周围,一个上足了弦的小精灵。

之后,她没了力气,感觉不到双脚的存在。此后几天她躺在床上,做些怪梦——她没有脚了,腿到膝盖那儿就没了,她愤怒地用膝盖残肢满大街跳着,膝盖流着血,她把它们深深地夯进地里。在梦里,雨果的形象如她一般高,即便在睡梦中,歉疚的波浪也席卷着她。

感觉好点儿后,她忙不迭地去熟悉的街道走走。她看望艾维拉,艾维拉羡慕她的长发。你看上去像个女孩子,艾维拉惊奇地说,好像她以前是个男孩。


14


那个新的男人搬了进来。亨瑞和妈妈在中欧餐车工作。他自豪地向她显摆着卧室里他收集的唱片;有几百张,大多数是西德的。她看着一张封面上的照片,她觉得很尴尬,得评价一个扎着马尾巴的男人。

不懂,她说,我从来没听说过他。

他不敢相信,她竟不知道克莱夫·理查德。接下来,她在亨瑞看来简直无可救药了,他再也不和她谈他的唱片了,而她也不伤心。

她很高兴开学第一天的到来,特别精心地梳了头,甚至还用了口红,可到学校前又把它擦掉了。

其他姑娘一定是在暑假前说好的,有了胸脯,而她是唯一的一个,胸还是平得像块平板。

她在该长的位置上没有显出一克脂肪来,她不安地问自己,会不会一直这样。在体育课换衣服的时候,她更仔细观察了别的姑娘,有几个已经戴胸罩了,在洗手间,艾维拉自豪地给她展示了自己小小的乳房,问,你也有了点儿吗?她没有给艾维拉看,只是不确定地耸了耸肩,这一切意味着什么,主要是,她根本不感兴趣。

班上的男孩们,在她看来,变得更吵了,变得更危险了,他们拿什么都开玩笑,总是骂粗野的脏话,叫女同学婊子妓女,没人能逃过他们的嘲弄。白雪公主,男孩们在她后面喊,没屁股没奶子!

秋天的色彩在后院炸开来了,葡萄藤攀上了院墙,她和弟弟爬上墙,她喜欢攀爬,喜欢房子的主人在他们后面喊时,溜走,喜欢逃跑,她甚至想,如果换作是她,她也会生气的,因为是他们的葡萄,但这个视角并不影响她把一大把还是半酸的葡萄一口吞下。

于是,该关第一次禁闭了。当妈妈宣布对她的惩罚时,妈妈满脸疲惫,看到关禁闭对女儿没什么作用,她马上又追加了一个月。

她每天晚上去酒吧,取来啤酒补给。那个新的男人晚上和妈妈坐在电视前,开了一瓶又一瓶。亨瑞很能喝,妈妈的眼睛闪着光,她笑着,就好像有人挠她痒痒,她和亨瑞跳舞的时候,从来不会绊脚。自从他搬来和他们住,音乐从来没断过,每天晚上他都放他的那些唱片,而妈妈也和着流行歌曲的节拍,扯着嗓子唱,好像很快乐。

有了身孕的肚子好像对她没什么影响,只是亨瑞不在的时候,她才真正发火;然后会来真的,一声撕裂的吼叫从她的嗓子里蹦出来。

她不明白,为什么妈妈这种冲天愤怒会侵入她的四脚百骸,让她只能恶狠狠地哼哼或者叫唤,好像要把一切都毁了。她不像亚历克斯那样认为,妈妈是魔怪附体——那她为什么不去冲面包店老板娘喊,冲她的兄弟喊,或者去揍邮递员?

对此他也没有答案。他是今年入学的,还兴奋于学好看的字体和当少先队队长,焦急地期待着早点戴上蓝领巾。

她从妈妈的外衣口袋里偷了五十芬尼,可这是个灾难性的错误:这钱是数好的。姐弟俩被审讯了,妈妈用尽办法软硬兼施,用虚假的同情来诱惑,用关他们终身监禁来威胁。为什么对妈妈来说,认罪就这么重要,她问自己,为什么她不能说出事实?妈妈越是逼得紧,她的感觉就越强烈,她只能说谎,她被控告了,她必须证明自己无罪。

仅此而已。

第二天早晨,妈妈就把他们当贼了。她满屋子推搡着亚历克斯,喊着,这是他承认的!弟弟被赶回床上,他再也不许去学校。然后,妈妈得意扬扬地向她报告,就像她安排的那样,会引诱他说出事实。晚上,她要穿成鬼魂的样子,用假装的嗓音对他说话,用一根毛线针扎他,他不敢哭出来,他太害怕鬼了。妈妈觉得好玩儿,太好玩儿了。就在妈妈对她说着这些好笑的事时,一阵疲惫向她袭来,她不能看亚历克斯的眼睛,这事儿不会完,要不是她说出真相,跟他道歉。晚上,妈妈轻松庆祝,她准备了豆子色拉和肉饼,音乐开得很响,她和亨瑞满屋子跳舞。

当他俩蹑手蹑脚踏进孩子房间的时候,她还是醒着的。尽管她知道,头上套着丝袜的扁鼻子魔鬼是妈妈,她还是吓着了——妈妈和亨瑞笑得发抖。亚历克斯醒了,他想大叫一声,可这一声没喊出来,他用双手捂住了张开的嘴,当妈妈拉脸上的丝袜的时候,他躲进被窝呜咽起来。房间里安静了好一会儿,他还一直在啜泣,她想到了她的狗狗雨果,责怪自己,把它独自丢那儿了。

第二天早晨,她擦着起居室桌上的啤酒痕迹的时候,吃掉了碗里剩下的全部豆子沙拉,喝掉最后一滴酸汁儿。当妈妈火爆数落的时候,亨瑞走了过来,小时候我们也都这么馋过的,他说。妈妈偏着头,下嘴唇向前噘着,耸耸肩,放过了她。


15


她听到哭声的时候,吓得不轻,马上跳起来,轻轻跑过走廊,弯腰向婴儿的摇篮,把宝宝抱起来。

妈妈一周前生下了弟弟艾维斯。从此之后,她需要安静,一直安静。她抱怨说,她多么累,以至于没有奶了,抱怨背疼、恶心、耳鸣,所以,她女儿得照顾小宝宝。

尽管她一直确信不累,可是保证不随时随地睡着,还是挺难的。她必须一直准备着,在听到响声的第一时间内做出反应,在妈妈听到之前,否则,就像上帝的愤怒出现在走廊里,一切会变得更糟。冷不丁地,妈妈会抱着宝宝在屋子里走,还在大哭的宝宝,哭声会变得更加尖利,他只有在姐姐的臂膀抱着的时候才安静下来。把这叫成上帝的愤怒,是妈妈的主意,她不知道在哪儿听到的,地球上没有人会在这份愤怒面前安全,妈妈好像对这一想象很满意。

她很快习惯了给弟弟喂奶、换尿布,她抱着他在房间里来回走,跟他轻轻地说话。他的第一个微笑是冲她的。这让她很骄傲,艾维斯只有在她手里是安静的,妈妈刚抱起他,他就又是弓背,又是打挺,又是哭叫。她从学校回来的时候,妈妈已筋疲力尽地等着她了;在经过几个不眠的夜晚之后,她有种感觉,像是在梦里行走,手和脚是像是被橡皮筋绑住,固定在地板上。她疲倦不堪,在课上就会睡着,或者干脆就没法去上课。

亨瑞说,他母亲可以帮忙;几天后,一个说话很有力的、个子小小的上了年纪的妇人站在了门前。她让人叫她玛古特大婶,坚信婴儿就得让他哭叫,累了就会睡着的。她怀疑,这大婶不知道,她这样做的结果会是什么,而她这弱小的小弟弟也像是和玛古特大婶竞赛似的,哭呀哭呀,好像要用尖利的哭声把空气撕裂似的。直到玛古特大婶用棉球堵上耳朵,睡沉了的时候,她把弟弟抱到自己的床上。他马上就安静了,也从不需要奶嘴,就能睡着。艾维斯,艾维斯,她轻轻唤着弟弟的名字。开始时,她发现这名字来自于亨瑞对猫王艾维斯·普雷斯利的激情,她感到很厌恶——而现在,她爱弟弟的一切。

艾维斯一开始哭叫,妈妈一般就有急事处理,离开家出去了。有一次,甚至和亚历克斯去了动物园,可他回来的脸色并不是高兴的。他告诉姐姐,她整段时间都在酒吧,而且不许他离开她旁边的位子。

玛古特大婶要过一段时间才意识到,她不再被需要了。妈妈又去中欧餐厅上班了。一天晚上,这事儿就来了。妈妈情绪很糟,她走进厨房就想吵架,接着,就鸡飞狗跳了。玛古特大婶的脸从吃惊到不可思议的惊慌,慢慢地,看来她明白了,她儿子是在和一个什么样的女人过日子。当妈妈像个泼妇那样大喊大叫时,这个小个子女人一步步退后,试图保持镇静,用一块布擦着额头。这是一条有条纹的擦碗布,可它也正像是斗牛士的红布。于是,妈妈猛地从她手上夺过来,扔到地板上,愤怒地来回踩它。

一小时以后,玛古特大婶离开了家。妈妈为此第一次和亨瑞大吵了两天。他把音乐开得很响,尽管如此,她听清了每句话,妈妈是在嫉妒别的女人,他还竭力申辩自己是无辜的,她根本不相信他,咆哮着,吼着。她知道,妈妈的这场大吵大闹会持续很久。可亨瑞走了,就这么简单地出了门,几个小时过去了,也没有回来。

早上,天蒙蒙亮,她给艾维斯热牛奶的时候,妈妈还一直坐在厨房桌前,一动不动,像变成了石头。

傍晚,亨瑞又回来了,在又一场争吵后,他装行李箱了,屋子里恢复了暴风雨到来之前的安静。妈妈蜷缩在床上,眼睛瞪着空中,不顾任何人。当她又开口说话的时候,妈妈不让她说完,她的话听起来很冷,好像要摆脱她。她明白这意味着什么,试着特别地轻手轻脚。可是妈妈的听力还是这么好;外边树林间风的呼啸,窗户啪啪的响,屋子里有一丝动静,她就会喊,安静!

妈妈用来消遣的老习惯酗酒又回来了；亚历克斯得伸开手臂，双手各拿一个枕头，要是手臂往下沉，妈妈的皮带就会噼里啪啦落在他的腿上。

她早就知道，这样勇敢的坚持是徒劳的，这举动的意义和目的在于，一旦变得软弱，就会再给妈妈重新开始打骂的借口。亚历克斯尽管努力睁着眼睛，坚持站在那儿，可手臂还是颤抖着，她想最好能把枕头从他手里夺过来，喊道：把它放你后面。

每当她清早把艾维斯放进摇篮的时候，她就梦想着，带着他独自住进森林里的房子，她想象着，他是她的孩子。妈妈只是在她抱着艾维斯来道晚安的时候，注意他，轻轻拍拍他的头，赞叹一下他头上的宝宝毛。

她收到艾伦寄来的一个小包裹，妈妈看着她拆包裹。尽管她感觉到她的目光，她还是没有忍住，在发现了集邮册的时候，短短地欢呼一声。她试着把集邮册顺便带回自己的卧室，当她回到厨房的时候，妈妈微笑着，没问什么。她知道，妈妈的这种笑，可能意味复杂，可自己太累了，没能太在意。她乏极了，晚上稍晚一点，在床单上小心地整理邮票的时候，就睡着了。醒来的时候，所有的邮票都被撕碎了，连同那张跳舞的金色河马。

第二天早晨，妈妈用特别恶毒的口吻，叫她怪胎，对她说,她曾经想打胎把她打掉,没有成功。妈妈特别详细地指出血淋淋的细节。她立刻相信了。

上学的路上,她的额头嗡嗡地响,像是有个蜂窝。她不知道怎么往前走的,有种哪儿都不对的感觉。课间,她站在一群男孩旁边,折断一支复写笔,插在嘴里,让人都看得清楚,笔芯在嘴里。她想让人看到她,她不想真的死掉。她吞下笔芯,期待着她同学眼里的惊愕,但他们并没继续注意她。她憋着哭,可听上去不像是真的,也就停下来了。中午她告诉艾维拉肚子疼,终于这事儿真来了,老师把她送进了医院。

她被迫一杯一杯地喝盐水;她吐了,直吐到感觉内脏要从嘴里吐出来了。她无论如何不想说出家里的地址,她不想回家,再也不,这是唯一的回答,她已经准备好的。

她在医院待了几天。没有人来看她,除了青年救助机构的一个女人,她通知她,她从医院出来直接去少年院。

## 16

她是新来的。她坐在一个大房间里,被所有人打量,门不时地被打开,她也盯着另一张脸看。她听到傻笑,不连贯的话语,你看见新来的了吗?多瘦,看上去像个男孩,新来的在哭。她根本没哭,她只是饿。当另一张脸盯着她的时候,她捉摸不透地看着,双手交叉在脖子后面,试图让人看到她的无聊。过了一会儿,直到她停下了这个动作,一个年轻女子向她走来,向她伸出手。我是科里兹女士,你的保育员,她说,跟我来,我领你去看看。她的声音听上去很友好。

她跟着她上了楼梯,到了第三层,沿着一条长长的走廊,闻到了饭味儿,她试着辨别这气味儿:她无法判断是烤肉还是煮肉块,香料无论如何是有的。当保育员打开一扇门,里面的声音马上静了下来。两个姑娘呆呆地坐在桌边,一动不动朝她的方向看。科里兹女士的手在空中挥动着,想赶走烟雾。我逮到你们了,这回逃不掉了。

黑色鬈发的姑娘跳起来,对不起,她试图表达她的懊悔:这是最后一次,我们再也不抽了,真的,真的不抽了,她说。旁边的黄头发姑娘只是耷拉着脑袋,好像用劲才能把它撑住。

她们看来逃过去了,科里兹女士给她介绍那两个姑娘,没有再继续追究吸烟的事。安德莉亚有一张温柔的脸,细细的黄头发,胸脯丰满,卡门,这个鬈发的姑娘,会说话的眼睛转着。当她握她的手时,看到她下巴上有一块褐色斑,上面有毫毛,尽管她不想往那儿看,她还是盯着那块褐斑,她想起了动物的毛皮。

这两个姑娘睡上下铺,她的单人床铺在柜子边。在衣帽间登记的时候,她得到了一个号码,34号,她的每一件衣服都缝上了这个号。她试了裤子,毛衣,裙子,所有的都太大,衬衣也晃荡着,只有袖子裤腿的长度还合适。东西是穿在身上,但她觉得不那么舒坦。

保育员陪她看了整栋房子,给她解释了规则和义务——有些事儿是禁止的——她给她看了一楼的教室,也领她看了这楼延伸出去的一些地方,介绍她和别的保育员认识。此前她认识了院长,他叫住她,告诉她要把头发扎起来;他是个肥胖的男人,他的脸布满红血丝,他从没跟她握手或介绍自己,他的声音听上去很生气。

吃晚饭的时候,她累得眼睛都快睁不开了,她看不清周围的的脸,记不住她吃了什么,尽管她已经饥肠辘辘。

第一个晚上,她常常醒来,头脑里萦绕一些念头,她想象着弟弟艾维斯,他的呼噜,她喂他奶时的咕噜咕噜声。她总在想,父亲对她说过的,妈妈在她还是婴儿时候就想刺死她,他只有醒着阻止这事儿。她不想在妈妈身上浪费想象,可一再地从梦里吓得喘不过气来。

第二天早上醒来,蛋糕味飘进门来。这是个星期天。她躺在床上,直到安德莉亚和卡门醒来,迅速回答着她们的问题。她从哪儿来,她为什么到这儿来,她做了什么,她对此该说些什么,准确的,她自己也说不清,她为什么会来这儿的。她感觉到,她们私下好奇的眼光变得暗淡了,她们不再对她感兴趣。她就照着她们做,把床单拉平,叠起被子,跟着她们进了盥洗室。当其他人裸身在一个灰色的圆形石头盥洗盆前站着的时候,她装出很放松的样子,盥洗盆上面有很多齐胸高的水龙头,姑娘们洗着,刷着牙,大声地把漱口水吐出来。她把睡衣脱下的这一刻,她有种感觉,所有的眼光都落在了她身上,她觉得,她听到了窃笑,羞得想钻到地缝里去。

之后,她在饭厅前排着队,男孩女孩前前后后站那儿大声说着话。她一声不吭地站着,有人从背后戳她,她回过头来。一个红头发男孩露着大板牙,有点坏笑地说,你的罩衣掉了两根线下来。

她看呀看呀,她并没有在崭新的罩衣上发现线。她只是从那种笑中,意识到,他们在开玩笑。过了一会儿,她才反应过来,两条线是指她的两条腿。

少年院座落在一条乡间路边,长着桦树的大院子与后面的一个养鹅场隔着。这房子是二十年代的,孤零零矗立于田野中,像是从天上掉下来的。入口的大门是松木的,很难打开,门上红色的字母写着:绍尔兄妹①少年院。

---

① 绍尔兄妹即汉斯·绍尔(1918—1943)和苏菲·绍尔(1921—1943),德国慕尼黑大学学生,因参加反纳粹的"白玫瑰"组织被纳粹杀害。

在底楼有公用的盥洗室、厨房、餐厅,门厅后面有擦鞋室。通往楼上的楼梯口有个小平台,那儿的玻璃板后挂了一张海报,写着社会主义道德十诫。第二条是:"你应该热爱祖国,并时刻准备着为保卫工人农民的权力贡献自己的全部力量和本领。"

她为什么要热爱整个国家,她问自己,如果她从来都无法爱自己的家,为什么要叫祖国父亲国①,如果他父亲统治过国家,那还多少说得过去。其他条款在她看来同样奇怪:"你应该帮助消除人对人的剥削"她应该怎么做? 要把院长的瓦特堡去掉,送给一个穷人? 他的私人住房是一个两层楼的建筑,就在少年院旁边。周末,一些大班的男孩去那儿劳动,建一个桑拿间,为此他们得到了奖赏,可以抽烟,可以在迪斯科舞厅待到半夜。在小班和中班的孩子被严格检查出勤率的时候,大班的孩子们就得到宽大对待了。院长尼森老师,经常站在他们这儿,他们烧烤,在夏日风微风中喝啤酒,其他的孩子只能远远地看着。尼森老师还没有和她个人交谈过,尽管是他把她的名字写进积极小组的,他那没有脖子的形象让她联想起大麻鹈。肚子好像从下巴就开始了,他跑起来腿脚僵硬,好像他还在学走路。平日他的声音早晨六点就通过

---

① 德语祖国一词(Vaterland)由父亲(Vater)和国家(land)组成。

喇叭准时响起,召唤大家早锻炼。没有姑娘能做到,她们睡意惺忪地踏进盥洗室,吃过早饭之后,在上学的路上了,她们才会慢慢醒来。从院里到下一站有三公里,她们跑着,背着书包,排成两队走着。她一直还没和谁交朋友,她独自待着,只是人家和她说话时她才说。

在学校她坐在卡门旁边,她别名叫雷达特,班上唯有她俩是少年院的孩子。她打量着其他人,也被其他人打量,对男孩而言,她显然没什么意义,不漂亮。这种情况下,她的目光必须有意义,这点她很清楚。同样地,女孩们似乎也没办法和她交往。

在集体活动房里,有一个小小的图书馆,她坐在那儿,很热的夏日也如此,听着窗外的鹅叫,沉入童话世界,着迷于仙女、小精灵、苦行僧。她喜欢星期天,清早,轻轻地翻着书页,而别人都还睡着,蛋糕的香味已弥漫整个屋子。蛋糕是隔壁村的烘烤店送来的,蛋奶昔加蜂蜜蛋糕,松软奶酪蛋糕,脆粒卷,巧克力樱桃大理石蛋糕,还有叫白雪公主的,这烤盘上的美味盛宴散发出的香味,几乎让她窒息。

她在餐厅里的位置是靠前面的一张六人桌,她的对面坐着一个胖得无以复加的男孩。这个奥古斯特·凯什和她一样饿,土豆、肉、面包加肠,在他嘴里,闪电般地消失,在他舔着油光光的嘴的当口儿,服务生又得为他装满盘了。没有人敢顶撞他,他是大班里最大的一个,他还表现出对什么都无所谓的样子;他打着响指召唤别的孩子给他端来餐后甜点,保育员们睁只眼闭只眼;嘴角的哈喇子流下来或者毛衣上沾了汁,他也无所谓,他眼睛只盯着桌上的吃的。在她拒绝把布丁留给他时,他二话不说从椅子上抬起身来,走向她,给了她一个栗暴,拿走她的布丁。这一爪子敲下去让她的头都拧了,她眼冒金星,可还是忍住了,没让自己哭出来。

少年院有两个厨娘,她们做饭很在行,这让她像在乐园一般;有发面丸子的时候,她一次可以吃十二个,然后她再藏两个大丸子在她的裙兜里。可惜她还是没有多长一两肉,甚至在该长的位置也没有,她像竹节虫,或是长脚鹭鸶;细长,僵硬,一节一节,两个乳头,肚子微微鼓出,像一个裸的仓鼠在腿中间。周六是淋浴日。在一个很大的集体浴室里有一个隔断,姑娘们不到十个人,挨着站在固定的淋浴莲蓬头下,她尽量逃避这样的常规清洁,别的姑娘的眼光是不留情面的。而总会想方设法来看这样的淋浴剧的男孩们,倒并不扭捏。骨架子有只裸仓鼠!这喊声在屋子里回响。骨架子是她的绰号,另外,她还被叫作排骨或者饿死鬼。

在学校她取得了好分数,尽管她在上课的时候总是在读自己的东西。她前面坐着康斯坦茨,班上最漂亮的一个,长长的金发有时会掉在她的课桌上,她得努力不碰它。她不知道,她该爱还是恨这漂亮的头发和拥有这头发的人儿;她想把这美丽的长发浸到墨水瓶里,弄脏它,吐唾沫,可她也想沉浸其中,成为这美丽中的一部分。

在参加一次语法考试的时候,她注意到,康斯坦茨盯着空白的卷子。她扔给她一张小纸条。在课间休息的时候,康斯坦茨回报她一丝微笑。

上学的路经过一片樱桃种植园,还有田野和院落,太阳烤着沥青路,风从西面吹来,空气中弥漫着强烈的猪圈味儿。虫子的嗡嗡声,伴随着她的脚步,她想象是蜜蜂和蚂蚁在说着话。有时候,她捡起一块石头,走了几步,她又要走回去——在她的想象中,石头是有家的,所以她要把它放回原处。


她别无选择,她必须拒绝给奥古斯特·凯什甜食,尽管她害怕他的栗暴。当饭桌服务生把盛布丁的小碗放到她面前的时候,她迅速把勺子插进了红红的甜浆里。

骨架子?这一问话里带着如此不可思议的语调,满桌子安静了。

她假装没有听到她的绰号,用勺子刮着空碗。

奥古斯特·凯什向她弯过身来,他的眼睛眯成一条窄窄的缝。你等着来报告吧,他说着,又坐了回去。

她第一个从桌子边站起来,迅速闪了出去,当她在门边稍稍一回头的时候,她看到这个胖奥古斯特脸上那样惊诧的表情,好像他第一次注意到,有男孩和女孩。

几个小时后,奥古斯特的两个内廷佞臣才抓到了她。奥古斯特·凯什没有给她栗暴,但她得收拾他的屋子,整理柜子,把他的鞋擦着锃光瓦亮。

这是一个星期六的中午,午后甜点是巧克力冰激凌。至今为止,她所有的冰激凌份额都进了奥古斯特的肚子,这次他的眼睛盯得特别紧。冰激凌几乎刚摆上桌,他就用手招呼她把冰激凌给拿过来。她短短思索了一下,然后凑向冰激凌,迅速朝冰激凌的每一面吐上唾沫星子。这一次,栗暴对她也没用了,带着庄严的感觉,她用勺子豌着巧克力冰激凌,慢慢地。

跟她住同一个房间的安德莉亚好像要和她走近些;她问她看的书,她的家庭。安德莉亚去专修学校,只有周末才来。她现在有了一个朋友,一个真正的朋友。从那以后,她就开启了把自己托付给班级教室里的沙发的生活模式,她听说,安德莉亚已经做了什么。她不想追问,显得好傻,于是点头,试图得到一个清晰的首肯。安德莉亚和她一般大,不像她的蜘蛛脚,安德莉亚有着圆圆的腿,还有大大的胸脯,她看上去很性感,尽管如此,她是院里唯一的一个能去专修学校的,她以俄语好而著称,由此她的绰号叫木依,这在俄语中的意思是:我们。她从做这事儿的姑娘们那儿听说的,可她总还是以坏了毁了来想象这件事的,木依和这图景一点都不符合。

相互信任的姑娘们之间有秘密。在允许另一个人进入这隐秘的世界之前,要先相互发誓,悄悄耳语的声音在房间里掠过,一旦被耳语过,就好像这些秘密成了私生活,好像每个女孩总会传递一个信息:看吧,我忍受了我爸爸的屌,我妈妈情人的拳头;好像这一切都还能在她们的皮肤上看得到。

从这些经验来看,她自己的命运还不算太糟,她所经历的侮辱几乎算不上什么。

为了让木依印象深刻,她为自己编造了一个男朋友,一个和她一起的朋友。她不知道,为什么要让他瘸,还有一个眼瞎——这样就给了他一个令人印象深刻的工作:他在一个游乐场工作,管旋转木马。木依一开始不明白,他怎么从一辆车跳上另一辆车,如果还瘸的话——他只是一点点瘸,非常轻微的瘸,她回答,还做出腿往后拖的样子。当然还有亲吻,关于其他事,她拒绝讲述。

17

她坐在床沿上,看着木依和卡门装箱子,空气中,嗡嗡嗡的,充满了她们满怀期待的声音。她不会像其他人那样,在这个长假里,回家去。妈妈不想看到她。

当大巴在地平线上消失的时候,她还一直站在那里,挥着手。

院里不同寻常地安静了下来,她去盥洗室,脱了衣服洗淋浴。没有人看她,没有人会开她的玩笑,她来回转着喷着,任细小而重重的水滴在她的皮肤上噼噼啪啪,直到感觉到痛。她站在大大的镜子前,无法估计,它会给她展示出什么:不再是孩子了,可也不是别的,一个非孩子,非姑娘,一个介乎其中的干瘦的东西;她走过去靠镜子靠得很近很近,鼻子挤着玻璃,做了一个亲吻的口形。

她找到了一个假期的工作。清早她要骑车去地里,给萝卜间苗。太阳升起的时候,她用耙子把土耙松,然后顺着田垄四肢着地往前匍匐,把长得蔫的萝卜和杂草拔掉,只让健壮的萝卜留着。不一会儿,她的背疼了,一垄萝卜显得没有尽头的漫长,太阳不久就无情地灼着。一个星期后,她的皮肤变成了深棕色。

之后,她又从自行车上摔到在新修的路上,小小的尖利的铺路碎石划破了她的大腿,污渍下能看到肉了。

一个医生来到院里,给她做了检查,打了一针破伤风针。她得卧床几天。

她又读了一遍《基督山伯爵》,陪着埃德蒙·邓蒂斯走过他的人生旅程,和他享受着最后复仇的时刻。她希望能和谁聊聊这本书,和一个人分享她的激动。

房间里的温度让她慵懒,她感觉自己在烤箱里。腿上的伤口,是用液体创口贴封上的,她饶有兴趣地观察着,极微小的脓水是如何把柔软的创口贴撑破的。她想到木依,试着想象她的男友,画着,他俩互相干什么。一种不安穿透她的身体,在中间聚集,她期望,有人抚摸那里。她记起夏日在草地上,她和斯特芬紧紧贴着跳舞的时候。她把手放进腿之间,就像斯特芬告诉她的那样动着;过了一会儿,似乎内在的一个爆炸在她身体里酝酿着,而她不能停止,这是美好的,炽热的,莫名的。

第二天,她昏昏欲睡而又很不安稳。远处,嘎嘎的鹅叫无休无止。晚上她久久没有睡着。天气骤变,夏天的暴风雨呼啸,她开始梦到弟弟艾维斯。她早上醒来,她觉得,她闻到了她的弟弟,好像他就躺在身边。她这样看着他,他的婴儿笑,他的柔软绒毛拂动的小毛头顶,她想象着,在他小小的肚子上吹气,让他痒痒,她听到他很享受的咯咯的笑声。她忘不了弟弟。即使她又起了床,对她来说,他也好像是她的一个思念的包裹,带着到处走;奶味儿让她反胃。日出前她就醒了,她躺着,一动不动,希望自己被冻住,埋在一个冰雪层下。她想看到她的弟弟,但她不知道,她能相信谁。她想试着告诉科里茨小姐,可她怎么跟她解释自己的渴望?要崩溃了,悲伤像一种顽固的情感堵在她的胸口。她坚持不住了,她无法忍受了,在星期中的某一天一早,她悄悄离开了少年院。当天空泛红,她走在温暖的晨风里,和她弟弟相距大概有五十公里。她顺着不平坦的路,走过杂草丛生的草地,走过田野,走过农场,走过刷成灰色的民居。在邻近的小城,她乘上火车,锁上了厕所门,坐在厕所马桶盖上,偷偷听着列车员的声音,直到火车进了火车总站,她才离开厕所。傍晚,她站在了幼儿园前,而弟弟早就被接走了。她疲惫不堪地走在街上。在一个亭子里过的夜,几乎没睡,梦想着——还从来没有过一个夜晚是这么漫长的。

她不敢到家的附近,这样,她到幼儿园就太早了。房子的窗户都还是黑黑的,街道空无一人。当第一个保育员来的时候,她躲了起来,好像又过了一个世纪,终于发现亚历克斯带着弟弟艾维斯出现了。她等着,直到亚历克斯推着童车在她面前站住。

你在这儿干什么?他说,露着牙惊诧地笑着。

艾维斯认识她,她看得很清楚,可当她从童车里抱起他的时候,他开始哭了。她把他抱在怀里,用吻盖住了他的脸。

怎么回事?亚历克斯问,盯着她。

她该怎么跟他解释,他无论如何不会明白的,她自己也不明白,她不能跟他说,我爱艾维斯超过爱这世上的任何人,她就像是我的孩子。她没说话,耸了耸肩。

艾维斯哭着,他好像长大了,抱着有些重了,他想挣脱,手脚乱蹬,哭得更响了,吵闹着;她想让他安静下来,嘟囔着安慰他的话,是我呀,你认识我的。

这会儿,旁边围着人,母亲们投来奇怪的眼光,一个保育员想把艾维斯抱走,她感觉到来自各个方面的热量向她逼近,让她膝盖发软。艾维斯大叫着,手脚抵抗着她,她快抱不住他了,她不敢相信,周围的脸像模糊的假面具,声音交错,她任人从她怀里抱走了艾维斯。她站在那里,想解释,可她不知道该说些什么。

警察二话不说就把她带上了车。当她上车的时候,她一眼瞥见亚历克斯的脸,由于害怕和惊讶而变形的脸,他张着嘴,好像要把天给吞了。

在警局,她被审问了。她回答得很快,不连贯,几乎透不过气:她只是想看看自己的弟弟,她不明白为什么要受到惩罚。

她被车带到了雾街,一个青少年暂时拘留所。

一个胖女人接待了她,给那警察签了字,好像她是一个被送来的包裹,签收了。那女人坐在她的对面,盯着她的额头,她的问题听上去很无聊,她根本不知道怎么回答。她不知道做错了什么,她不知道她的罪过,她没有能力发现自己的行为里有什么恶的东西。她一再地试图解释,尽管她觉得说出自己的渴望,很尴尬。

那女人草草翻阅着放在桌上的材料。你不是一张白纸呵,她说共和国侦缉人员为了找你花了政府各种钱啊,还有偷和入室盗窃。

她坚持说,这一次不一样,还提到,她在少年院是列在积极分子的名单里的。

这好像起了作用,那胖子离开房间,答应给少年院院长打电话。

她感觉轻松了,观察起窗台上的盆栽,镜框里是昂纳克的像,他威力无比的目光让她无法面对这个房间里的任何一个角落。

过了一会儿,女人回来了,在她笑着的嘴角带着愠怒。人就是学不会,她说,你还真是个撒谎能手。

她以为,她听错了。

我可不愿跟你扯,胖子往前走着,你的院长说,我不该相信你的任何话,你是一个特别狡猾的典型,是个诡计多端的滑头,少年院的耻辱。

少年院的耻辱?她吞咽困难,一点儿都不明白了。

一定搞错了,她说。

啊呀?那胖子看着天花板,没有补充说明,她摇着手,好像要赶蚊子,像墙一样站在她面前——一堵肥肉墙,她愤怒地想,这不公正的对待勒住了她的呼吸。

那胖女人好像也同样愤怒。看看吧,她说,以一种悲伤失望的语调,好像她因此有权愤怒。

她被胖子粗暴地拽着手臂拎上台阶,走过好奇盯着她的年轻人。她们沿着一个通道走,然后胖子打开一道门,示意她进去。她听着门在她身后关上,锁上了。当她转过身来,就只剩她自己一个人了。禁闭间很暗,肮脏的玻璃窗装着栅栏,靠墙摆着木板床,旁边有一个尿桶。她在关着的窗户前站着,透过栅栏条看到一块平的屋顶,在这一边,闪烁着太阳光的一面玻璃窗是固定的。为什么她得在这儿?为什么不允许她看她的弟弟艾维斯?她开始哭喊,大声地哭喊,毫无顾忌。她触犯了什么?她的耳朵嗡嗡作响。为什么她要被惩罚?

她听到摩擦声,低语,笑声,外边门上的窥视孔被打开了。可当她朝门走去的时候,她并没有看到谁。眼泪模糊了她的视线,透过这玻璃洞眼的视角是错乱的。她坐在床上,感觉到嘴里恶心的味道和揪心的饥饿。一种刺鼻的消毒水的气味弥漫在空气中,她感到晕眩。她不想待在这里。

## 18

等她回到少年院的时候,她的名字被写进了落后分子名单。假期后的第一天,尼森先生用了些时间来教导她,集合的时候,仔细指出了她的过错。她眼都不眨一下,听着这一切,用舌头在自己的上颚上写着最恶心的骂人话,狗屁,寄生虫,混蛋。

她确信她被不公正地对待了,而这股怒火于她却是新的。她是不值得爱的,这一视角,使如今的她充满了执拗的反抗。

当奥古斯特·凯什再一次索要她的餐后甜食的时候,她已经毅然决定,不让他得逞。她平静地对看着他,把他的拳头推开,趁着他惊诧之际扑向他。她撕拉他的头发,抓挠他,吐口水,抵挡他的攻击。她的呼吸变得狂野,她揍他,根本不能停住手。她比这个胖猪更快,更灵活,她发火了。

她在姑娘中的威望提升了,她还发现,她会给别人带来笑了,她经常发明新的恶作剧。她经常模仿保育员的缺陷,学院长的样子,他的怪癖,眼睛略微向上翻,或者他的瘸腿一摇一摆。她给他慢慢说着还停在半空的话接茬儿,在他的句段中填上一个错乱的空,引姑娘们窃笑。比如他说,我们有一个共同的目标,接着她会加上一句,建设一个傻瓜的集体。

姑娘们愿意和她分享秘密;她乐于此道,但同时也被姑娘们这种突如其来的信任吓着了。当她该讲讲自己时,开始找不到词,后来她想出故事来,讲述一个从疯人院逃出来的病人,劫持她,并把她一连几天关在一个洞里。她的这些听众惊恐的眼光让她感觉就像接受骑士晋升仪式。为了保持住那些面孔上的惊恐,她很乐意被提问,说出非常刺激的细节。当她看到这些姑娘相信了她的话,这故事于她,也就是真的了。男孩们怀疑地看着她,尽管她努力让自己看上去阴森森的,好像她做好了去死的准备,她还是期望,男孩们会对她另眼相看。

她陷入奇怪的情绪中,几个小时,静得无所事事,于是,一只蝴蝶扇动翅膀又会使她周围的空气颤动起来,她不知道,她的力气往何处使,焦燥得要爆发。还有,她总是感觉到饿。

食品仓库在一个搭建出来的小房子里,就在厨房旁边,存货摆放在那儿的架子上,装着隔离栅栏的窗户开着,栅栏条上绷了绿色的纱窗。没有人会想到,有人能通过这狭窄的栅栏缝之间穿过去,可是她学过的,如果头伸得过去,身体也能穿过去。她用手上的刀一下划开了纱窗。她的头一点儿也不费劲地穿过了栅栏,她的身体像蛇一样也跟着移了进去,她只是没有料到,苹果酱的桶就放在窗户下。一只脚踏进了桶里,她正大骂的时候,孩子们的脸从外面挤在栅栏上。她手上拿到什么就分掉什么,巧克力、糖、椰肉片、啫喱糕、饼干,然后再分完面包干和水果,她感觉自己像是在领导一场危险行动。几分钟之后,她又爬到外面来,迎接她的是这些人的掌声。

院长甚至连想都没想过有人通过栅栏进去,可小偷从哪儿弄来食品库房的钥匙呢?为什么纱窗被划开,苹果酱涂到了地上?这些问题尼森先生在周一的训导中提出来了,他希望得到当事人的名字。可是,没有人回答他。之后,她也没有被告密。一时间,她觉得自己刀枪不入。

她的绰号骨架子变成了排骨,只有几个男孩叫她桡骨和饿死鬼,可越来越不能把她怎么样了。

自从她给班花递了条子,帮她的作文得了好成绩,她们几乎成了朋友。上课的时候允许她用一把小剪刀把她那些不健康的、开了叉的头发剪掉,她可以继续扔给她纸条,课间休息的时候,她因此得到她有关发型和合适的指甲油的建议。当康斯坦茨和她说话的时候,她有种感觉,好像自己不这么难看了,好像她的美丽传给了她一点儿,她们之间的差别变得不那么明显了。

圣诞节假期前,她得知,自己得在少年院过节。她马上就想好了,她要溜出去,她要去托儿所看艾维斯。她把这透露给了木依和雷达特,她答应她俩,新年除夕夜可以去她们家过。

早晨,她和别的孩子一起顶着寒冷的狂风走在上学路上;突然她往回走,在她的包里翻来翻去,直到别的孩子消失在小丘的另一边。她横穿过田野,奔向高速公路,第一次站那儿搭便车。一辆大卡车在她旁边嘎吱嘎吱停了下来,她登上车的那一刻,有种长大了的感觉。司机问她,在这样的天气里,想去哪里,她编了学校郊游误了大巴的话。司机好像相信了她,让她喝自己的保温瓶里的咖啡,后来的一段路程,司机就一直没说话,眼睛盯着前方的路。她在火车站下了车,她在混凝土大楼前站着时,一种忧伤的快感涌来;她向火车站致意,好像是她的一个老熟人。她想好了,她要在圣诞那天白天去托儿所看弟弟艾维斯,这样不会把她怎么样的。

19

　　第一天晚上,她想在雷达特的妈妈家过夜。她按门铃的时候,椭圆形的小窗后出现了一张老妇人的脸,她皱着眉头,咕哝了什么她听不明白的话。当她终于让老妇人相信,是女儿的朋友时,老妇人打开了门,让她进去。屋里墙上贴满了啤酒杯垫儿,散发着不透气和剩菜剩饭的味儿。老妇人走进卫生间,她出来的时候,看上去不那么老了。我的假牙,她说,我总忘。

　　雷达特的妈妈坐在一张破了的红色丝绒沙发上,让她在自己边上坐下,用平淡的没有语调的声音开始说话;讲她丈夫的事,雷达特的出生,她自己的童年,只是要喝一口啤酒瓶子里的酒的时候,才停顿一下。雷达特妈妈没完没了地说着。她点着头,好像她是一个期待已久的客人,到这儿来,只是为了来听她倾诉。后来,女人从厨房里拿来一块炸肉饼。你可以吃了它,她说,她自己不动。到了半夜,好多空啤酒瓶放在了地板上。雷达特的妈妈完全喝醉了,尽管已经词不达义了,还不停地说着。她想是不是该跟她表示什么,给她一个重要的信号——否则这女人不会住嘴的,她眼皮垂下,头沉在沙发扶手上,在半睡半醒间,那含混不清的醉话还缠绕着她。

一清早醒来,天很亮,透过窗户,她看到大朵大朵的雪花在空中飞舞。她细看着墙上那些啤酒杯垫儿,这些杯垫儿来自于世界各地。在几个圆形纸垫上,她甚至发现了中国字儿。厕所里也糊着啤酒杯垫儿;她轻轻地拉动抽水马桶,可当她走进起居室的时候,雷达特妈妈站在她面前。她看上去还是醉的,她的眼睛深陷在眼窝里,脸是灰白色的。好像没什么要再说了,她一声不吭地又进了房间。雪,这会儿已经啪啪啪变成了急急的白色的雨,打在窗户上。她走进厨房,打开冰箱,拿了一瓶柠檬汽水溜达到客厅。感觉很冷,她摸了摸冷冷的炉灶,想象着雷达特在这儿。过了一会儿,她穿上衣服,走上了街。

上午她是在临时电影院度过的,然后她蹭到火车站,站在中欧餐厅前,看着沉重的玻璃门后面的妈妈。妈妈白色的围裙里穿着一条迷你裙,梳得高高的发型插着一个亮晶晶的发结,她笑着——这个妈妈对她是不真实的。会怎么样?如果这会儿她跟她招手,大声喊她,嗨,是我,你的女儿!她想,最好还是算了吧。

这是中午时分。她在一个小售货店顺走了巧克力和饼干,想着是不是再去临时电影院暖和暖和,一个警察站在她面前。她说了一个假名字,坚持她说的,待在火车站区域,她是梅赛德斯,是埃德蒙·邓蒂斯的未婚妻。

她这次编出来的是什么样的故事,当胖子到了雾街时,她问警察。胖子满是横肉的脸毫无表情,当那警察说着她的假名字的时候。

我知道,她叫什么,她说着,眼睫毛讥讽地向上挑,她可是一个非常厉害的滑头。

一个滑头,警察重复了一遍。

我们这次又溜了,胖子说。

她不回答,只有她的肚子在咕噜咕噜响。

在胖子说话的时候,她伸开的食指划拉着空气,好像这空气是她个人的敌人。

她根本不知道,她竟违反了那么多规定,竟然会有那么多的规定,她点着头,只是想要安静。她恨这个胖子,她感觉到了这种恨在她肚子里的冲击力。

圣诞夜她坐在平板床上,独自在禁闭间里,惨淡的光透着栅栏窗照进来,圣诞歌回响在走廊里,她最好捂住耳朵。她没有碰吃的东西,一个苹果和一块圣诞蛋糕。她蹲在灰色的铅桶上尿尿,不理会门外微弱的声音,同样也不理会自己肚子的叽里咕噜声。她从盘里拿过苹果,扔到墙上,幸灾乐祸地看着它在灰色层上留下的斑点,她掰碎圣诞蛋糕,把碎渣撒在地上。她感到一股巨大的怒火,想象着,拿一把刀扎进院长肥肥的肚子,又把这个胖女人千刀万剐。

三天后,她离开了禁闭间,允许换到女生寝室时,她试图保持镇定,可没什么用,胖子列举她的劣迹,带着讥讽的笑,看来她的失败已经注定,现在是,永远是。尽管如此,她觉得自己还是比那胖子强,那女人不会想到,她早就被切碎,倒在血泊中。她大声吹着口哨,跟着她走过走廊,像一个荒诞的梦,她把自己感动了。

除夕夜,雾街寝室的姑娘们站在加了栅栏的窗前,从那儿,只能看到对面的墙。午夜,她们想象着天空彩色的光亮,互相拥抱,用偷偷带进来的小瓶酒为未来干杯。之后,她们靠着躺在床上,一个挨着一个,房间充满低声窃笑。她笨拙地回应着一个短头发的金发女孩的吻,感觉到她粗糙布料下柔软的胸部,这个金发女孩压向她,她怯生生听着呻吟声,陷进弹簧和钩子的织物里。

## 20

晚冬的日子里上学的路上像是没有尽头,寒风凛冽。背上背着书包,手捂着嘴。直到学校出现在眼前,孩子们才开始说话。学校是一栋六十年代造的建筑,灰色的墙面上装饰着白色的和平鸽。在公民课上,她开始提问。她为什么得在一个指定的版图里生活而不允许离开?她违背了什么,而不许她去看看世界上别的地方?为什么这些问题会给她带来一个警告？这些问题就在她脑中挥之不去，只是从未允许她说出来。她试图向老师解释，而他只是看着她，好像她是来自火星。

她经常要向她的同学讨上学带的面包，即使上课也要吃。她有种感觉，老师们喜欢她。德语老师表扬她的作文，体育老师批评她懒惰时指出，她可以是最好的一个，只要她愿意。可似乎有一个小小的魔鬼阻挠了她在学校里努力。

她的注意力只在书上。带着一种从未有过的激情，她读海明威、左拉和巴尔扎克；几乎如梦游般，她的休闲时间都在公共阅览室的沙发上度过的。只是到吃饭和睡觉时间，她才从小说里出来。她被故事震撼了，满怀柔情地热爱着书里的人物。

初春，院里又来了一个男孩。他体型健壮，金发，棕色的眼睛，他能很准确地从牙缝里吐唾沫——所有的女孩马上都被他吸引了。安迪比她们高一届，之前已经有传闻，他急着想成为硬骨广场帮派中的成员。他的头发野性蓬乱，理发师来了，脖子后面不剃，他就要完事儿了。安迪的出现，开始了一个新时代。他知道，什么时候在哪个频道能在电台听到滚石乐队，他有来自于西德杂志上的最受欢迎歌手的照片，弗兰克·扎帕魔鬼般地冷笑着，好像刚从地狱出来。同样至今只听过流行民歌的姑娘们,也突然被Smokie乐队鼓舞着,从此对东部的音乐便不屑一顾了,再也不听弗兰克·舒贝尔,再也不听克里斯·杜克了。

在学校,安迪也很引人注目,他穿着牛仔裤悠闲地走过通道,装得好像他根本不注意姑娘们的目光。也许他也真的没注意到姑娘们的目光。康斯坦茨根本不能等到下课的铃声,迫不及待在各个课间找他,紧跟着他。当然,她早就发现了他住在少年院。跟你在一起,她说,排骨,你多好呀。她几乎不能想象,谁能有这样的好运气。

尽管安迪至今还从没有把她当回事儿,她要充分利用这形势,报告给康斯坦茨,她的意中人在院里的举动,她编造出他的特性,把他塑造成一个浪漫的英雄。她甚至还做到了帮康斯坦茨塞给安迪一封信,这封信是夹着一张照片的。照片好像引起了他的兴趣,在去学校的路上,他问她,那个漂亮的金头发是哪个班的。尽管如此,他是在接着收到两封信后,才给康斯坦茨回了封信,涂鸦了几句吹捧班花。

她可以去康斯坦茨家了,认识她的父母兄弟、黑白相间的杂种狗儿。康斯坦茨被昵称为康尼了。康尼从开学就已经在等她。她怕失去这么珍贵的友谊,所以,她描述康尼时充满渴望,爱得忧心忡忡,而这,安迪永远也做不到。她耐心地回答着康尼的问题,可她的新女友从不满足,所以,她得像唱颂歌一样,重复好多遍。对,他问起你啦,她说,课间休息时,她俩在校园里跑上跑下。她希望,她和康尼一起让人看到,她希望,所有人都看到,康尼看她时是多么满怀期待,她不再是一个无名小卒,她的权力,能让班上最漂亮的人哭。

安迪和康尼第一次在冰激凌店的见面时,她在场。自己似乎被排除在外了,她观察着他俩,她对安迪的一个笑话笑得夸张地响,尽管根本没听懂他的笑话。之后,她和康尼仔细品评着这次见面,直至最微小的细节,几乎像自己被安迪吻了一样,照康尼的描述她能够那么准确地想象到安迪温柔的充满魅力的嘴唇。

安迪爱上了康尼,于是,她从一个拉皮条的上升到了闺蜜,传信传话当了信使,起着作用。她现在可以每天陪康尼回家,前面带院子的一栋排屋,院子长满了藏红花。她们吃着意大利面,看着电视,一起逗着狗。康尼的父母在农业生产合作社工作,她的哥哥在上进修学校,他和妹妹一样漂亮,而且他显然喜欢她投来的目光。当班德和她打招呼的时候,排骨二字听上去好像有点异样。她难为情地任他引领着看整个屋子,他的房间令她吃惊:墙上几乎贴满了印第安人的海报,她可以认出温内图①和老沙

---

① 温内图,德国作家卡尔·麦创造的西部英雄。

德汉德,架子上摆放着卡尔·麦的作品集。她到现在为止还没认识过读书的男孩——这令她印象深刻。

院里的姑娘们也仔细注意着安迪,这个完全磨砺过的安迪,一个硬骨广场的男孩,和她交往着。这让她的身份一下改变了。姑娘们想和她谈男孩,她好像在这个意义上成了夜晚论坛的专家。她和姑娘们练习着,该怎么笑;有些粗野的、讨厌的笑,会被笑话的,还好没有男孩在边上,还有优雅的笑,这种笑只是适合于同样经过排练的目光交流,还有种笑以咯咯咯呃的一声结尾。姑娘们还给接吻打分数,她的接吻得了中下,她大大方方地给别人更好的分数。她们梦想着未来的情人,描摹着像电影中英雄般的脸,那些游艺场上的男孩或她们的父亲。她自己似乎也从未肯定过,自己爱上了安迪,她只有一个对未来男人百依百顺的想象,没有对别的姑娘说起过。她今后的男人比她大,他胖胖的,总躺在床上,他有一条狗,她也去遛狗。她可以给男人端吃的,给他换床单,给他读书,他们之间几乎不说话,绝对不抚摸,她的服务能得到钱。这个想象当然让她不快乐,可她想,她得不到什么更好的。

因为安迪允许她在他身边,其他的男孩也接受她,他们甚至帮她用两根缝衣针在她的手臂上刺了青,一个骷髅,看起来,像是冻青的。她忍着痛,眼睫毛都不眨一下。

安迪情绪好的时候,他会很慷慨地表现出他的好感。她向他提出要一张友谊照,他二话没说就陪她去拍照。临近复活节,橱窗摆满了兔娃娃,篮子里放着画的彩蛋,她一闪念想到了家。和摄影师说着照片的尺寸,要黑白的,不要修饰的边框,像信封那么大小。在她充满期待盯着镜头时,安迪正对着镜子,把头发向后梳成鸭尾状。闪光灯亮起,她的脖子感觉到了他的呼吸,而后就结束了。回家的路上,无名的懊丧在心中升腾,她没有兴致说话,她的快乐像是泡沫,而对自己的怒火不由得升起。她最好像只猴子,在树间甩来甩去,大声地发出原始森林里的喊声。

一清早,当她发现大腿之间的血的时候,吃了一惊,尽管她自然知道的。她很快跑去找值班的保育员。我流血了,她对尼森女士说,尼森女士是院长的妻子。她一定是想到了那头猪,去年秋天在少年院园子里被宰杀的,盆里全是血。孩子们之前几个星期在刨花上用食堂的剩饭喂养它。那味儿她怎么都受不了。尼森女士给了她卫生巾,告诉她一些卫生知识,其他的女孩奇怪地看着,因为她装得那么扭捏。她希望,她的身体会有变化,乳房长大,她裸露的仓鼠终于能长出毛毛来。

其实,对她而言成人仪式是无所谓的,可她很满意,从此之后老师们对她称您了,而且会有身份证了。她为庆祝活动试着不同的衣服,试图证明自己长胖了。她是班上唯一决定穿裤装的女孩。可上衣还是晃晃荡荡的,裤子也往下滑到胯部,尽管在腰带上钉了扣子。她弄来了最小的胸罩,塞上棉花,里面再穿上一条厚的运动裤。

在理发店把头发烫蓬松的时候,她得知,过去的一年里,西部遭受了森林火灾,很久以前西部沿海的一次铁路事故,四十四人死亡,理发师讨厌地重复着他的爆料,西部一切皆有可能。

尽管她在踏进理发店之前是有很明确的想象的——雷达特给她看了一张吉娜·露露碧吉达的照片,她自己想看起来像德·阿塔纳的情人——离开理发店时,还是一样的发型;前额的头发向后梳着,在耳朵前边弯卷成启瓶器状。在后来拿到手的集体照上,她发现所有的女孩都是一样的发型。

在学校礼堂化了妆的女孩们坐好了,男孩们穿着西装、戴着领带。校长讲话,学生们重复着合唱的赞歌,歌颂保卫和平,与苏联的坚固友谊继续加深。话语嗡嗡地飘过,俗套的、令人厌烦的话语,对他们来说,已很平常,空洞而毫无意义。

春天的阳光温暖地斜照进窗户,照着墙上的裂纹、昂纳克微笑肖像上的斑点。她走到前面,想拿本书,《世界、地球、人》,她的汗从脖子顺着背往下流。棉一样的热捂着她,运动裤粘着腿,校长拉住她的手,说了什么,头弯向旁边,她什么也没听懂。她像是在一个面纱后面,新的成人仪式鞋挤脚,有着可笑的四厘米高的后跟,她高过了校长。往座位走着,目光盯在地毯退了色的图案上,她试着让这图像消失,这僵硬的怪胎图像。到了她的座位上,她吐着气,笑得怎么也止不住。

康尼穿着一件玫瑰色镶珍珠的裙子,她步履摇曳,长发披肩,光泽闪亮,凝重如蜜。可她女友的指甲都被咬秃了。康尼想着未来。她说,她的父母不喜欢安迪,要是安迪离开她,她会哭一辈子的。她想象不出,她的女友有能力面对这样的崩溃,哭一辈子,她几乎嫉妒康尼的这个想象。


她想出了一招试探勇气。她劝说康尼,一起去墓地。开教堂边小储藏间的钥匙放在一个花盆下。在帘子后面,确实放着一具死尸,一个手皱皱巴巴的老女人,眼睛闭着。她们从近处观察这个妇人的时候,她想建议,摸摸皮肤,可这只是冰冷的东西,这是她对死所没有想到的。而惊吓的感觉,来自于一阵风,吹动了帘子,随着一声很大的响声,她向外跑。康尼跟着她,同样叫喊着,她们沿着一条窄窄的路,在坟墓间跌跌撞撞,灯光把墓碑照成了骨头白。她们的恐惧在加剧，陷入战栗之中，尽管如此，当她们离开墓地的时候，她们被轻松和愉快鼓舞着——干得好，这一通大喊。

第二天早晨，她一个人上路了；她走进墓地时，风静了。她在死人面前站了很久，和她说话。可过了一会儿，她还是没话了。她站在那儿，试着想象骷髅的样子，那骨头。她把手放上去，估摸着心脏的位置，感到的只有冰冷和潮湿的布料，感觉不到害怕，只是后脑勺有轻微的响声。她想，其实没有什么差别，躺在那儿，没有一点儿不一样，风同样温柔地吹拂着叶子，尘土同样透过这闪烁的太阳光舞蹈着。她深深地吸气，把死亡推向无限，它远远地在她前方，还有许多年。

## 21

在少年院她表现得和学校不一样，更野，更倔。雷达特是她嘲笑的靶子。她学着她的萨克森口音，拿她锻炼的样子开玩笑，取笑她的胎记。对她的讥讽，雷达特通常报以慵懒的沉默，而当雷达特真生气了，她早就在安全地带了。她从远处喊，雷达特，雷达特打雷啦，你是胖子雌雄人。她因此也喜欢雷达特，有时候，她听着那些讽刺的叫喊,好像别人冲自己来的。

她已经习惯了,下午和几个女孩一起跑去别的小镇,去偷那里的几家店。此间,她已上升为偷窃师傅了,她甚至还可以做到,一边和售货员说话,一边偷好几板巧克力。其他女孩很惊讶,同时也怕她发火,如果她们依然一无所获的话。她仔细地做给她们看,她是怎么做到的:她先顺着货架晃,在她一手抓一袋糖的时候,脸上好像在思考,另一只就把偷的东西推进毛衣或裤腰带里。她已经一次偷了十块巧克力,还顺了一袋避孕套走,只是因为它在收银台边放着。这所谓的橡皮50,她们在街上吹气,任它在空中飘飘荡荡。

可有一次当她顶着炎热疲倦地回到少年院的时候,尼森先生和他太太已经等在门口了。他听说,她盗窃了社会主义的财产,他很负责任地说。其他的女孩看着她,也许她不该大声地笑出声来,在这之前,已经越来越经常地发生了,不管出于什么原因,就会吃耳光。她躲开了,院长的手打空了,这让他很生气。他清了清嗓子,把痰吐到地上。然后开始了,尽管他常常出手不轻。娘娘腔,她想,她脸上一直挂着的笑似乎刺激了他,他无法停止用他干瘪的肉手折磨她。终于住手了,他很怪异地笑着。他妻子站在旁边,看着。

女孩们惊呆了,觉得他太无耻了,可她只是摆摆手,这是社会主义对小偷的惩罚方式,她说,你们不知道吗?

她问自己,为什么这些都不能把她怎么样,她找不到答案;只是打几下怎么着了,她想,所有人都这么野蛮,她有种感觉,好像这不干她的事儿。她当然恨院长,可更恨的是他那卑鄙的老婆。

有一次,她没兴趣去学校,因为她知道,她去学校数学考试就会不及格,她装一场肚子疼,装得那么像,以至于保育员把救护车叫来了。让她吃惊的是,急救医生也被骗了,诊断她是盲肠炎。很快,她躺在了手术台上,昏昏地盯着上面的无影灯。护士的声音渐渐远去了,她看到一片巨大的棋盘盖过来,一阵剧烈的疼痛。可她的嘴是闭着的,她无法喊,眼都没眨,这个棋盘加速了,坠下来,把她拽到深处。

她醒来的时候,想吐,她渴极了,直懊悔自己愚蠢的借口。她躺在一个有十二张床的大厅里,大声哼哼着,想要喝东西。她还不能喝什么东西,护士解释说,开始用湿的棉球朝她嘴里滴了几滴。第二天她就在量体温、饥渴和无聊中做梦,她从来没带过一本书在身边。

一个新来的病人刚从手术室推进大厅。她一醒来,马上坐了起来,大声地引人注意地说,你们好啊,各位,我是玛丽娜。其他女人交换了一下眼色,这样的问好,她们还不习惯。她们轻轻地回答问候，好像在墙上挂着的昂纳克微笑着的像，会被吓着掉下来。玛丽娜三十多岁，深色的头发下现出浅色的头皮，她穿着一件长袖的白色睡衣。医生给她做检查时，她像个小女孩，咯咯地笑得有点难为情的样子。她第一天就自己去卫生间。在夜里就寝前，玛丽娜大声地祈祷。

有一次，玛丽娜来到她床前。《圣经》会给你支撑，她说，红晕在她脸颊上散开，主是为所有人而死的。之后，玛丽娜充满感情地唱起来的时候，她希望，没人会信，她会喜欢这些。

拆线了，她肚子上的疤痕又大又难看。她乘大巴回到少年院，一本《圣经》和玛丽娜的地址在口袋里。


艳阳高照灼人。她们常常因炎热放假。她还是开始改变了，她的胸罩用袜子填上，她的长裤里面还是穿着运动裤，再热的时候，也还穿着。她已经习惯这样出汗了。

院子里在建一个小游泳池。六米乘六米见方，彩圈公司的一个挂钩团队在帮忙。男人的声音大声地在空气中回响，混杂着养鹅场的嘎嘎鹅叫。她躺在公共室的沙发上，读着霍华德·施宾格的《可爱的儿子们》，一直停不下来，还没有一个故事令她如此震撼。这是关于爱，一个父亲对儿子的爱的故事。读完小说，她如此兴奋与感动，大哭起来。她要感谢施宾格,她想给他写信。在这个世界上竟有人这么懂她,尽管她并不认识他。

当木依读完这本书后,她们相互说好了,以后,她们的孩子要按小说里的人物取名字,女儿叫麦薇,儿子叫奥利。木依还发现,霍华德·施宾格已经死了,她们悼念他,发誓永远不忘记他。

游泳池落成完工了,在阴影里也差不多要四十度了,可她还是不进水里。她可没兴趣看男孩们喊叫着笑话她的眼光。

日子好像睡着了,她坐在阴影里的长凳上,试着学学校要求的一首诗:

> 而他们拖进黑暗的森林。
> 十二声枪响在回荡。
> 他们躺着目光黯然,
> 每个后脖颈上三次近距射击,
> 约翰·希尔和同志们。

她喜欢这首诗,唇间轻轻念着,"约翰·希尔和同志们。"念完这句后,她好像早就是社会主义者了。在夜里和雷达特从唱歌俱乐部出来,告诉我,你站在哪里,你要走那条路在星空中回荡,就非常鼓舞她的爱国情怀了。

在诗和歌里,区分正义和正义等是简单的,而在现实日常生活中却是另一个样。

她因此想着,不和玛丽娜碰面。可当她按响她的门铃的时候,玛丽娜开了门,显得一点儿也不惊讶会见到她。她们沿着河散步。干热的风沙沙作响,玛丽娜想和她谈谈上帝。湖中央有船行驶着,她听到孩子们的笑声,感到一种不悦在上升,玛丽娜该知道,她怎么了,可玛丽娜还是没有停止说教,她不止一次问她,她信谁。分别的时候,玛丽娜长久地握住她的手,友好地笑着拥抱她,把她房间的钥匙放在哪里告诉了她。

她第二次去看玛丽娜的时候,门里没声音。她找到了钥匙,进了房间。她只看到墙上挂着十字架,其他的看起来很世俗,像一个普通人的房间。她的想象是什么?一个稻草仓库?她走进房间,注意到书架上的书,厨房的冰箱里几乎是空的,她喝了一口香叶草汽水。她打开抽屉,发现衣服里有两块力士香皂,在盥洗柜里有一瓶4711古龙水。她在沙发上坐下,等了会儿,太阳光刺眼地照在房间打过蜡的地板上。她离开房间的时候,她运动裤的口袋是平整的,和平时偷别人的时候不一样。她偷她父母的,没想别的什么;百货店和商场只是不付钱。回来的路上走得很快,回院里她洗掉了她东西上的味道。肥皂和古龙水她寄给了妈妈。

第二天,她像是发烧似的,一直等待着玛丽娜的出现,找她谈话。当她几乎要完全忘记时,尼森先生来叫她到院长办公室。

我今天来了个客人,他说。

她不回答。

奇怪的客人,他嘟囔着。她叫心灵服务牧师。

她还是沉默,眼睛盯着墙。

你看上去像是牙疼,他说。

没有,她说,我没有。

我希望,你没开始祈祷。

他的声音引起了她的注意,她看着他,她的嘴角抽搐着。

你偷了个心灵,他说,然后他开始笑,他的整个身子抖着。一个心灵,他笑着,你明白吗?

她点头,他的笑令她羞愧。

那好吧,他说,似乎突然累了。我不想在这儿再一次看到这个基督佬。他拿起桌上的报纸。你可以走了,他说。

她轻轻地关上门。不知出于什么原因她有点儿失望。脑海里她现在还是称玛丽娜为心灵。她甚至可以做到,指认她的罪过。心灵不是在背后向院长告状了吗?

为什么她没有来找她?本来她可以赔罪的。心灵背叛了她。

## 22

暑假了,她被准许回家了。妈妈给她写了封信,谢谢她的好肥皂。在起程前的几个夜晚她试图想象重逢,可奇怪,妈妈和弟弟们的形象已经有些陌生。她准备表现得乖乖的,可她并不准备听之任之,一切会好起来的,她想。

亚历克斯已经在打开的门后面等待着她了。妈妈躺在床上正在睡觉。艾维斯吮着哥哥的泳衣的吹气管。她像个客人,坐在厨房。亚历克斯小声嘟囔着,尽管和睡着的妈妈隔着两道门。什么都还那样,他说,还问了她肚子上的洞,在院里是不是被打,或者关禁闭。艾维斯,对他的年龄来说,显得有点小,她徒劳地想在他的脸上找到熟悉的东西。

到了晚上,亚历克斯有点不安了,她能看见,他多紧张地听着走廊里的动静,当妈妈出现在厨房的时候,他的脸茫然没有表情。妈妈大声打着哈欠,打量着女儿。多瘦啊,你,她说,瘦得像根棍子。她还是想起来了,把她揽进怀里,说,我的乖乖小马驹。

妈妈第二天早晨就要起程去巴拉通度假,要在假期最后一天才回来。我付钱,你每天十块钱。妈妈打开一瓶葡萄酒,点了一支烟。你可以当妈妈,妈妈付钱给你。她茫然地盯着烟圈退去。本来我要请别人的。

之后,在床上她听到妈妈来回忙碌着,唱着,小声地骂着。她觉得,她变得坚强了,尽管如此,她没说出一句粗话,没敢提一个问题。她很高兴,妈妈要出门旅行了。

第二天,她和弟弟去买东西,把冰箱填满,试着烤了一个馋了很久的蛋糕。她调整婴儿房间的家具,在墙上贴上彩色的画。开始认真地完成她的任务,亲近艾维斯,让他跟她又近了一点。她读童话,学各种动物的叫声,编出一段段短剧,来吸引他。亚历克斯有时不听她的,有一次她给了他一个耳光。对这,她自己也吓着了。他头往墙上撞,右边的眉角撞裂了。

夏天的日子漫长,无聊像阴霾一样在她周围弥漫,她再没有兴趣烧饭,也没兴趣带弟弟们去散步了,游泳她也不想去。她经常头痛,感觉不舒服。她最想做的事就是睡觉。可她在床上也待不住,找了个借口离开家,一个人独自穿过街道去看电影。下午的场次一星期都放映着《柴德夫人》,五十年代约翰内斯·赫斯特拍的,她每天坐在那儿,坐在长吁短叹的老年妇女中,和她们一起哼哼着。

她待在床上,读着旧的童话书,听着广播——放着电视机的起居室,妈妈当然是锁上的——要不她就观察对面工厂车间的工人。

有时,她会和亚历克斯吵架,想让他服从自己。可也有这样的时候,她听任他的摆布。于是,她躺在床上,他胳肢她,直到她心惊肉跳,在他利用她的屈从,作弄她,无所顾忌拽拉她时,她感觉到一种深深的安宁,无法抗拒。

在假期的最后几天里,他们的钱用完了,她做给亚历克斯看,她有多么擅长偷窃。

他们肚子里塞满了巧克力,糖块和软胶糖;他们猜,软胶糖是不是真的用马血做的。用过的碗盘堆着,垃圾桶满出来了,几乎不洗,他们喜欢脏兮兮的。

她们没有想到,妈妈在假期最后一天的前夜已经回来了。他们还醒着,热得筋疲力尽,没法入睡。当听到钥匙在门锁里转动的时候,他们首先想到的是入室抢劫。他们听到一个男人的声音,然后是妈妈的声音,她听上去情绪高涨,两个声音都轻了下来,消失在卧室。他们几乎不敢呼吸,不敢相信,这么幸运过关。

尽管她和亚历克斯一清早试图一起清除肮脏的痕迹,她料到他们所做的已是徒劳。因此她把自己的东西装了包。妈妈送别了男人,独自和他们在屋里的时候,好像房间里的温度就改变了。吓呆了的亚历克斯和艾维斯坐在厨房,妈妈赶他们走的尖利喊声,她倔强地甩了甩头,抓起了她的包。她还想说些中肯的话,可吼声变得震耳欲聋,甚至盖过了那咣的撞门声。

外边热得空气颤抖,离大巴开车还有几小时,她在街上跑着。她发现那个老盲妇人拄着拐站着,想象着,怎么拉着她的胳膊,让她站到马路的中间。她想象着,汽车没有刹住车,造成连环相撞,老妇人死了,躺在街中央。她在老盲人身后跟了一会儿,可她还是看到了老人的脸,显得那么衰老孤独,她感觉到了自己对她的同情。她走进商场,在过道上来回走着,让自己的手随意地在巧克力的架子上掠过,眼睛看着别处。离开商店的时候,她包里已是收获满满。漫无目的地转悠到晚上,她走进百货楼试着衣服,可所有的东西给她都太大了。她狠狠地把裙子的拉链拉上,拉破它。

在火车站她和木依、雷达特还有别的孩子打招呼。和回来的那次不同,这回她安静地坐在车里,脸上没有欣喜,只有乌青和归于宁静的愿望。她打算好了,再也不满怀希望地去哪里了。

## 23

有时,她就那么笑着,无缘无故;有时,情绪突然转而愤怒。她的线条身材有了一点小小的坡,两个鼓起的乳头,她怀疑地看着,她的小仓鼠被深色的绒毛覆盖了,她的脚看起来巨大。她有种感觉,闻起来也不同了。有一次放学后,她在康尼的院子里坐着,她想她是注意到了,班德在盯着她看。他问她,是不是想再看看他的印第安人海报。她跟着他上了楼,看着墙上的温内图和老沙德汉德,感觉到他站在她身后时的呼吸。他温柔地把手搭在她的肩上,然后他拉她到床上,吻她。

在回少年院的路上,她觉得被搅乱了,她无法相信,在她看来这地区最漂亮的男孩吻了她。为什么他吻了她?他爱上她了?她决定,恋爱。晚上,她请雷达特来检验她的吻。其实,她觉得吻很无聊,几次练习后,她得了个乙减。

后来的一次,班德开始摸她的乳房,她抵御着,羞死了,他也许会碰到她胸罩的边框。他可以做一切,就是不能接近她的乳房。他小心翼翼地吻着肩和脖子,他的手首先对一个点感兴趣,就在两腿之间。这抚摸好像特别令他愉快,她就不能也像别的女孩一样做了得了吗?

现在她真的爱上了,有所有的迹象,如木依康尼说的那样:她喘不过气来,让上次的会面像过电影似的一遍遍在脑海中重映。可她还是觉得有点儿两样,害怕,这一切像构筑的一个假象,像个恶作剧,可为什么班德偏偏算计到了她,对她始终却还是一个谜。

他和她在林中散步,她既没有感觉到温暖的风,也没想到别的什么,她只是想着注意做对一切。她还没有和一个男孩散过步。她努力地不让他看自己的侧影,她觉得自己的鼻子太大。因此,她就一直看着他,不一会儿,脖子疼了。班德带了一块毯子,在一块空地上,他铺了开来。他马上吻了她,这次和以前不同,很用力,不那么温柔。远处鹅群嘎嘎叫得很响。其实,他们已经离农庄很远,要能听见,风就是从西南面吹来的,她想着,尽管她根本不懂什么风向的问题。她自己脱掉了裤子,以便不让他注意到里面的运动裤,然后平静地躺在那儿,天空耀眼,她可以看到羽状云朵,一片云像羊,带着蜗卷的羊角。也许它之前是欧洲盘羊,她想,或者是一只羚羊,她想自己没记错,母羊角是短一点的。

他们起来的时候,鸟在暮色中大声地鸣叫飞翔。我们有了进步,班德说,下次一定能成。她不知道,她到底是不是愿意做成什么,她还是点头,尽量微笑,她的皮肤因局促不安而发红,她很难为情,一方面,她想满足他所有的愿望,可也不想是那种要做什么就马上做的人。

在后来的几天里,他一直在试,她看到了他的失望,可她没法帮他。后来,康尼传递给她一封信。可怜的排骨,她说。在信里,班德写了,他很抱歉,自己真是猪。当然,他也写了:结束了。这是她等待的。她只是吃惊,他说,他自己是猪。她一句也没懂,其实,她根本什么都不明白。

后来的几天,她吃不下饭。她的脖子绷得疼了,可身体的其他部分都麻木了,好像支撑的骨架散了。她来到墓地的小教堂祈祷,祈求他渡过迷茫。她就想再见到他,别无他求。

整个星期下着雨,秋天的风暴席卷过田野。这天气适合她的心情:她也特别想在田野上狂奔,抽打树林。周围的女孩子们受不了她的习性,她们的口气变得不耐烦。想象到她们是在躲避她,这使她更加愤怒。

雷达特有一次对她说,在街上看到了班德,她愤怒地用食指戳了她的一个乳房,她被回扇了一个耳光。好像是在等着这记耳光,她扑向雷达特,喊着,你死定了,喊声充满着愤怒。她不顾一切地用双手抓住雷达特的头发,不停地打。雷达特吓了一跳,举手自卫,其她女孩害怕地站在她们周围,但没有敢出手相助的。

一个令她联想起弟弟亚历克斯的女孩必须每天为她铺床,清理房间,这个女孩被叫作波比,有一只眼斜视,她总试图用蓬松的头发遮掩它。波比总是什么都做不好。所以,她总会找到她的一个错误惩罚她。波比从不自卫,只是无声地哭,她得保持两个枕头一左一右在胯部的高度不落下,一动,枕头就落下了。于是,波比就会招来她的殴打,或者得到别的惩罚,对这些她是有足够的想象力的。她把她的手拧到背后,把她推到角落。在圆月的时候,她得跪着学狼叫,有时还要拿着台灯,波比对着它喊,直到嗓子喊哑或者其他女孩要求夜里安静。

为什么没人反抗她?甚至连木依都让着她,她不是能吓得住的人。她不想这样,她憎恶自己。粗鲁的愤怒要在她身体里爆发,这愤怒对她就像危险的猛兽。有时,她用拳头打空气或者在羽绒被下喊叫。

夜晚,当女孩子们躺在床上窃窃私语时,她想着和好。她编造些故事,为木依和雷达特设计着美妙的未来,她改写国歌,试图让别人笑。但这些通常是以哭腔的自我谴责结束。我不是那个意思,她说,我该死,死的那天会出现在你们的梦里,如果你们梦见一只翻跟头的兔子,你们就知道我死了。


周六,高个子女孩们不耐烦地等着值夜班的走完最后一圈。泊克女士年纪大了,重听,她们不用怕她。她们知道,这位老女人十点钟最后检查一次,看看是否所有人都在房间,然后下楼到小组活动室,坐在桌旁入睡。姑娘们顺着避雷线爬下来,从阳台顶上跳到地面。她们跑到另外一头,兴高采烈地大笑。有时,康尼也骑着她的蓝燕电动车到院子前。然后,她们一起在清凉的夜风里奔跑,头发飞舞。她们的目标是迪斯科舞厅,安迪已在那里等着康尼。他出来得早,他用毛巾垫在被子里,蒙骗过了值夜班的人。安迪和康尼亲热的时候,她和别的姑娘们跳舞。当然,她们此前练过舞,她得到了乙减。当一个男孩来请她跳舞时,她的两腮红了。舞步变慢,他要碰她的时候,她却让他站在那里,自己离开了舞池,此刻正播放披头士乐队的《嘿,裘德》。

他们在学校里为毕业庆典排演《阴谋与爱情》,她得到的角色是米福德夫人。她很投入地学习台词,反复在镜子前练习着。她希望费尔迪南德爱上的是她,而不是露易斯,那当然是康尼扮演的。费尔迪南德在现实生活中是平行班的一个男孩,他和美国歌手丹·利德很像,她对他已经爱慕已久。相反,好像乌木秘书对她感兴趣,一个有深色头发的农民的孩子,有着一张忧郁的脸,在学校坐在她前面三排。她从没觉得这个路德维希,大家叫他路迪,有什么吸引力,但现在他琢磨上她了,她也就仔细观察他。他肩宽,穿着肘部有皮垫的毛衣,他受到其他学生的尊重。路迪的父母有一家农场,有马、牛和鸡。他的吻很胆怯,与班德的完全不同。有一次,他碰到她塞得满满的胸罩时,他脸红了。她和他骑着摩托穿过几个村子,晚上在学校前等她,他们在迪斯科厅里一起跳舞,他闭着双眼。可是,有一天,他突然就不见了。她打听到,他患了罕见的血液病,被送到柏林夏洛特医院去了。他一不在,她才知道自己喜欢他,甚至认为是爱上他了。

路迪去了很长时间。已经是冬天了,冷得刺骨的冬天,学校常常停课,因为暖气不好。老师把排演推迟到了春季。

她和全班一起乘车去德累斯顿参观美术馆。她试着站在画前,旁若无人的样子,感受被钉在十字架上的痛苦。在西斯廷圣母像前,她不住地称赞,但并不相信这种印象,她的称赞像是自我表演。她一直恼火,就像是鬼火从一开始就在她心中燃烧。

她把最喜欢的书《可爱的儿子们》借给康尼。但是,每次问的时候,康尼总解释说,还没来得及读。她责怪康尼只对男孩子感兴趣,她要求她读这本书,提出了最后通牒。康尼终于开始读了,但突然间已经来不及了。

一天晚上,她和她到院子里抽烟。风透过雨帘吹过,班德的窗户发着暗光,他要到部队去服役三年,但她开口讲话前仍努力看着他玻璃后面的房间,似乎他能听见她说话。于是,她慎重地选择词句。她责怪她的女友肤浅。她叉着双手站在她面前,用激动的话语结束了她们间的友谊。康尼想回应,但她挥着手说,结束了。

## 24

她和平行班的女孩斯普尼克做朋友。斯普尼克长跑最快,她是一个苗条、刚硬的女孩,以她的标准,只有斯普尼克能跑步。她和七个兄弟姐妹与守寡的母亲一起,住在溪边一栋歪斜的房子里。附近一些大一点儿的男孩在那里碰面。大部分男孩在进修学校学习学徒课程,斯普尼克的大哥刚刚结束园丁学徒课程,想以后当一个墓地园林师。

放学后,她和这位新的女友坐在溪边的岸上,慢慢地,男孩们也越来越多。春天的第一束阳光照在他们灰色的冬日的脸上,他们对阳光渴望已久,他们抽着烟,弹进水里,然后观察它慢慢地动。也有些女孩在,她记不住她们的名字,因为她们总在换:理发店的尼考尔,她的屁股绷开了裙子;脸上有斑的克丽丝塔;雷吉纳,三十了,天荒地老了;还有一个尼考尔,只出现过两次。

其中一个男孩哈利,叫她少年院的。哎,你,少年院的,他喊着,一点儿没有恶意,他笑着,好像就是同一拨的。每周五,男孩们在溪边开派对,不管第二天是不是当班。她和他们一起喝着冰镇在铅桶里的啤酒,还有矿工烧酒,她喝第一口就脚底打飘了。她的女友斯普尼克有酒量,她也不必掩饰她的羞涩,用萨克森话朗诵席勒的《大钟歌》,男孩们笑个半死。

这样的周五,她总是太晚回到少年院里。差不多到了午夜,困极了的值夜人还在等着她,无声地领她到房间。在被警告多次后,她想尽量准点回来。哈利用摩托车带她,和他告别的时候,她允许他用吻印吻她一圈,她自豪地戴在脖子上。她不许他做别的,只允许他吻她,不许碰。他送给她一块煮过的鸡骨,一块肋骨;给你,少年院的,他说,她问自己,是不是喜欢他。哈利在做肉店培训,他的手像巨大的爪子,他可以一手抓住她,把她托起来,就这么简单。

上课的时间她睡过了头或者去闲逛,第一句发出的声音就是胡闹,老师们无奈地看着她。只有德语老师认为她的这个学生,可以以演员为职业。这个想象令她愉快,可她还是觉得跟她没什么关系。自从听到有传体育老师说她演米福德夫人就像一根豇豆在桶裙里,她也就没什么兴趣一起演了。

初夏,路迪从医院里出来,轻了二十公斤。她被他的样子吓了一跳。她会想到童话里的死神,好像路迪太轻了,轻得无法活下去。两周后,他死了,她只是感到黯然的恐惧,没有悲哀。当她想哭的时候,她好像是不真实的,像一个蹩脚的演员,盯着洋葱,让自己号叫出来。

在学校的最后一天,班上的同学想出了一个惊喜送给她:在她的椅子上,放着卷好的点心、蛋糕、苹果,满满的一袋子樱桃、饼干、糖块、巧克力——每个人都给她带了东西,她开始在大家的目光下慢慢地、感动地吃起来。她全吃了,只剩下了装着活蜗牛的盒子。

学校的考试,她刚刚过,除了德语,分数都相当差。她将开始做一个养牛工学徒,她的合同上写着的职业标记——动物园技术员或机械工也好不了多少。养牛工只是那些得不到更好位置的人。

她离开少年院了。他们一整天都在谈论这事。她和其他人坐在大巴上,去度暑假,到父母那里去,他们保证互不相忘。雷达特想当裁缝,木依要继续上技术学校。到达火车站下车时,其他人匆忙相互告别。她眨着眼站在那里,努力以笑掩泪。她想什么呢?雷达特会因见不到她不再被她嘲弄而伤感?

她不想回家。她把行李放进存物箱里,穿街走巷,找一家过夜的地方。她选定了一座废弃的房子,玻璃碎了的窗户被钉上了木板,墙纸剥落,到处都发着霉,但很静,在街的尽头。这就像是她的避难所,至少今夜。

## 25

斯普尼克在乌塞东岛上为她找到一份工作。她晚上到达后,斯普尼克带她看了一家饭店,她要在这里打工。这饭店很像她父亲的,窗户上居然也悬挂着橘黄色的窗帘。然后她们去了海边,激动地沿着沙滩跑起来,星空很低,举手可及。

第二天早晨她在一间臭气熏天的屋子里醒来。她看到一个粗腿的女人撩起裙子站在长地毯上撒尿。斯普尼克说,她天天如此,被叫作撒切(Seche),没人能挡得住她往地毯上撒尿。撒切一词来源于撒行(Sechen),斯普尼克解释说,撒克森话的"撒尿"。

早饭后,她看到那老女人坐在院子里,她眼前的桌子上是一大堆死鱼。清理之后,她一条接一条地扔进蓝色的塑料垃圾桶里,银色的鱼鳞在空中飘游。

厨师是萨克森人,说着浓重的方言,他的笑听上去像打呼噜,一整天回响在厨房。他好像喜欢她,在斯普尼克洗碗的时候,她被准许去放冷盘。她很努力,不让他失望,甚至不要抽烟休息,晚上筋疲力尽上床,被刺鼻的尿臊味笼罩。

有一个服务员,好像也喜欢她,可与厨师不同。烟头叼在他嘴角,像她的父亲,很随性,好像什么都不在乎。她去院子里经过他开着的门,他打着响指。他问她,能不能帮他把外套刷一下,等她拿着衣服刷子要刷的时候,他转过身,张开双臂。他的身体散发着一种甜甜的奇怪的味,须后液、汗水,或是院子里的鱼腥味进了屋里了?他关上门,把她手里的刷子拿掉,向她弯下腰,用舌头打开了她的嘴,他的吻很恶心,腐臭的呼吸,在任他这么做的时候,她也还是感到了一种激动。后面的几天,她走过他开着的门,笑得大声而粗野,好像加了热,更大了,更软了。

一次,厨师让她去食物间,她发现了架子上有油浸沙丁鱼罐头,金枪鱼,瓶装桃子,罕见的美味。她痴迷于油浸沙丁鱼罐头,那些用柔和的浅绿和蓝灰标记,像艺术品,她往围裙的兜里藏了一个,她没动这些鱼。不过,很快她床底下整个成了油浸沙丁鱼罐头的仓库。但是,厨师在她又去偷罐头的时候抓住了她,气愤地审问她,她起初以为是在开玩笑。不就是一个罐头吗?她为自己辩护,可厨师说她是狡猾的小偷,他提高嗓门,他拿过有脏餐具的托盘重重地扔进洗碗盆。从远处她听到了父亲的声音,我作为人,他会说,这句话总有一天会把它说完。

夜里她带着装满偷盗猎物的旅行包溜进了森林,把所有罐头埋到地里。她准备把鱼罐头寄给妈妈,可看起来,这些油浸沙丁鱼罐头现在得在土里生锈了。

在最后的那个晚上她在海里朝着天际线游泳。天很暖,无风,她转过身来仰着,随波漂着,看着上面深远幽暗的天空中的星星。她想象着,自己沉入海底,在那儿用全力分水向上,通过水充满活力地向上升起。于是,她又出现了,如新生般,好像没发生过什么。


26


清晨,她睡过头了,和另一个学徒穿着橡胶鞋走过防滑垫。现在是四点三十分,外边漆黑一片。她用皮带把挤奶凳扎在胯部,在一头牛前放好,用一块布按摩着牛的乳房,直到牛奶射出来;她很快找到了挤奶窍门。她喜欢牛,喜欢它们反刍时轻轻的响声,喜欢它们温暖的身体。

进修学校的四百头奶牛分在了六个栏里,有两个仓库和一个小牛培养楼。学徒们的宿舍就在牛栏边上。她们的房间里住着十个姑娘,她睡在双人床的上铺。她结识了芭比斯,一个穿皮夹克的姑娘,有西边的画报,烟瘾很大,喜欢谈论政治。芭比斯想着今后无论如何要去西边,跟她说起很多假护照,很多秘密通道,还有坐热气球逃亡的事。她自己的生活还没有计划,有时候,她梦想着学习兽医,而后又像牧羊女拉回到田野,也许要像他父亲那样写侦探小说或和她的兄弟们住在森林小屋里。

有一次她亲眼看到一头母牛怎么被打死。那牛在潮湿的石板上滑倒,不能马上爬起来,一个工人用他的橡胶靴踢它的侧腹,他大声地喊他的同事。他们一起把牛向上拉。可它又滑倒了,这次它的两条后腿叉开了。看着没有可能上来了,这动物绝望地大叫着。那工人拿起铁棍打牛,他打着,好像根本停不下来,其他人大声激励着他。当她向芭比斯讲这事的时候,她只是耸了耸肩。冷静点,她说,那只是头动物。

她以最好成绩通过了挤奶考试,可这工作开始无聊了。不久,她就习惯了在早班的第一个小时里就在草堆上睡觉,她拒绝把沉重的草垛从车上往粪道里扔或把装满了的牛奶桶往冷藏室拉。她旷工的天数积累着。

她跟着芭比斯从一个地方到另一个地方。她们在各种地方过夜,一早在公园的长凳上、在干草堆上醒过来,或许也在陌生的屋子里。

在芭比斯和其他人聊天的时候,她站在旁边,只有在她喝了酒的时候,她才没有了羞怯,开口说话。然后,她大胆地开说,好像她有比谁都多的话要说。而当第二天醒来的时候,她只有尴尬。

她也经常一个人外出。这样她的旅行速度完全两样，她更多的时间在一个地方转悠，她去砖石小教堂，或在河边坐几个小时，有时她想象着弟弟们也在她身边。她喜欢在暮色中经过高速公路，不知道，几个小时后会在哪里过夜。

有一天，上班时间她又没有出现，她吞下了整管牙膏，想以此得到假条。芭比斯跟她说，这会让她发高烧的。可她吐了不止一次。

芭比斯跟她推荐了别的办法，以获取长期病假，她的主意开始只是一个玩笑。

我该怎么做？

我提供我的帮助，芭比斯耸了耸肩，决定你自己作。

你想打断我的胳膊？用铁棍？

为什么不？这至少可以有两个月，且等呢，等到断裂愈合。

她的思想飞转。她不想，啊，不，她要疯了，她把这作为一个可能性。

我们用左下臂，芭比斯在她跟前轻声笑着，推过两把椅子，间隔十五厘米左右摆着，她的手臂得在这个空档上摆着，她按照指示，闭上眼睛，听着铁条声，抽走了手臂。

这是你的问题，芭比斯说，不是我的。

一阵战栗透过她全身。芭比斯可称作朋友，可她知道她什么?——这一点似乎令她紧张,而说出她的怀疑好像还不可能。她脖子这儿感到一阵疲劳,好像是要在那儿挨一下铁棍。太阳光直射进她闭着的眼帘。她没有抽回手。

事后她想象着听到了她骨头的碎裂。但是,这不可能,因为医生在透视之后说骨折裂痕很清晰。

因为胳膊上了石膏,她被分配把母牛赶到草地上。灵活的右手里拿着一只木棍,她沿着田间小路赶着牛群。空气中散发着粪便和饲料的味儿。她关上牛群后面的栅栏,躺倒在草地上。

今天是她的生日,第十七个。她本想庆祝一下,却不知怎么庆祝。她还是一点没长肉,肋骨上没为困难时期多储备一点肥肉。值夜班的前不久说她是衣服架子。衣服架子,你要多吃饭,他在她身后带着忧虑嘲讽的口气喊着。于是,她在食堂里比男人们吃得多,在冷藏室里喝牛奶奶油,就是想胖点儿。她又开始读书了,寸步不离书。她相信,自己一直还是个姑娘,可男孩子们认为她太拘谨。她也许要中断学徒培训,让自己在这里待下去他难以想象。她给母亲写了一封信。在一封信里她愤怒地谴责,但另一封信里又说一切正常。她哪封信都没有寄出去。

在还没看到鸟群之前,她就已经听到了鸟群的声音,是野鸭,向南飞。她想象着和它们一起飞翔,不管去哪里。

她轻盈地上升,从上面观察世界,看到自己躺在草地里,摊开双臂,一切都这么近,却又远得无边无际,她越飞越高,直到完全消失为止。